徳間文庫

スクランブル

荒鷲の血統

夏見正隆

徳間書店

目次

プロローグ

南シナ海　高度三〇〇〇〇フィート
F22コンドル編隊　四番機

七日前　深夜

(暗いものだな――月が無いと)

ポール・フレール少尉はヘルメットの下で視線を上げ、コクピットの外を見回した。

頭上は、一面の星空。

しかし横方向は――自分の目の高さで見回すと、周囲三六〇度、塗りつぶされたような暗黒だ。何も見えない……。

振り返った後方視界も、目に入るのは斜めの角度に突き出す二枚の垂直尾翼だけだ。標識灯も消してしまっている。灯り(あか)は無い。

(――――)

向き直ると、前方視界は底知れない暗黒――ヘッドアップ・ディスプレーの表示だけが緑色に浮かび上がる。姿勢シンボルは水平、左端の速度スケールはマッハ〇・七五、右端の高度スケールは三〇〇〇〇ちょうど。

今、この機体を空中に浮かべているのはP&W・F119エンジン双発が生み出す推力だ。背中に伝わって来るドロドロという低い唸り、目の前の計器パネルのMFD（多目的表示画面）に表示させた二つの円型出力グラフが運転状況を知らせる。左右とも推力六三パーセント。外気温はマイナス五六度。

以前にも訓練で一度、夜間にこの辺りの洋上を飛行したが――

その時は満月だった。月光が頭の上にあると、目が慣れれば、洋上にそそり立つ積乱雲などは遠くからでも昼間に近い感じで視認出来る。闇夜の大空で、月がこれほどの光源になるとは――そう驚いたものだ。

だが今夜は新月だ。

積乱雲は、シルエットさえも見えない。

（だいたい、どうして深夜に積乱雲が発達する……？）

黒い飛行服の右胸につけたパッチは、炎の上に突き刺さる『翼の生えた剣』。

アメリカ合衆国空軍・第一戦闘航空団の紋章である。右腕には、翼を広げ襲いかかる鷹の姿――第二七戦闘飛行隊の紋章を刺繍したパッチを縫いつけている。

計器パネルの燐光が、その風貌を浮かび上がらせる。

ヘルメットを脱げば銀髪。蒼い目の二十五歳の少尉は、本来のホームベースがアメリカ合衆国本土、ヴァージニア州にあるラングレー空軍基地だ。ここ南シナ海からはほぼ地球の反対側に位置する。

だが数週間前から、飛行隊の中で選ばれたメンバーが、一二機のF22ラプターで日本の沖縄の嘉手納基地へ進出している。

F22は、当初は七五〇機が生産される予定だったところを、あまりに高価なため議会の承認が下りず（冷戦の終結で『そんなに必要ない』と判断された）、結局一八七機の配備にとどまった。そのため、世界中のアメリカ空軍基地には配置し切れず、軍事プレゼンスを誇示するのに足りない。仕方なく沖縄などの軍事的に重要な拠点には、常時は置けないけれど『定期的に出張』することで、その地域の抑止力を補強している。

今回の嘉手納進出も、その定期的な出張であった。

（……それが、こんな『仕事』をすることになるとは……）

嘉手納を離陸して、フィリピン・ルソン島の西海岸にあるフィリピン国海軍スービック基地へ進出せよと命じられたのが、ちょうど二十四時間前——昨夜の今頃だ。

なぜ行くのか、詳細も知らされず、四機で出発した。夜通し洋上を飛び、夜が明ける前に海岸沿いの滑走路へ着陸すると、すぐフィリピン軍の格納庫（無理やり空(あ)けさせたらしい）に機体を隠し、仮眠に入った。任務の内容をようやく知らされたのが、今日の夕方になってからだ。

（…………）

深夜を待ち、再び離陸した。それから一時間。

いったん西向きに洋上へ出て、真南へ針路を変えた。今、南シナ海の只中(ただなか)にいる。昼間でも陸地は見えないだろう。

どの辺まで来たんだ……？

目の前の計器パネルに六面ある、大小のＭＦＤ——マルチ・ファンクション・ディスプレーと呼ばれる液晶画面の燐光だけが、コクピットの灯りだ。

（————）

Ｆ22ラプターのコクピットには、従来型の計器は無い。その代わり大小のＭＦＤに様々な情報を表示させて飛ぶ。フレール少尉のちょうどみぞおちの真向かいにある、中央のプライマリーＭＦＤが最も大きい。

今、そのプライマリーＭＦＤを〈航法マップ〉表示にしてある。画面中央に自機を表わす三角形のシンボル。その周囲にカラーで地図が表示され、機の速度マッハ〇・七五と、機首方位『一八五』が画面上側に表示される。地図全体はじりじりと下向きに動く。海洋は水色、陸地は茶色なのだが、いま画面は水色のみだ。

ピッ

スロットルの握りの前下面についたマップ・コントロールスイッチを、左の人差し指でクリックすると、段階的に表示範囲が広がる。最大レンジにしてみる。真南へ進む自機の左手、三〇〇マイルほど離れてフィリピンの島々が映り込む。右は、やはり三〇〇マイルほど離れてベトナム南部の海岸線だ(機首が南を向いているから、地図の東西は左右逆になる)。幅約六〇〇マイル(千キロ)の南シナ海の、真ん中にいる。

燃料は。

陸地が遠い。本能的に残燃料を確認する。

計器パネルの上側、ヘッドアップ・ディスプレーのすぐ下に、データ入力用コントロールパネル(ICP)がある。それを挟むように左右二つの小型MFD——アップフロントMFDが配置されている。今、その右側の一つに残燃料を表示させている。デジタルの数字は一六〇〇〇ポンド。

スービックを満載二〇〇〇〇ポンドで離陸し、ここまでにちょうど四〇〇〇ポンド使った。計算上、あと四時間は飛んでいられる。しかし戦闘などになれば、どのくらい食うかは分からない。今夜は主翼の下に増槽は携行していない（増槽をつけているとレーダーに映ってしまう）。

また、通常の訓練飛行では『わざとレーダーに映る』ように機体下面に装着する航空管制用反射板もつけていない。

今夜の〈任務〉は、訓練ではない――


せめて、月があればな……。

気がかりなのは、天候――闇夜の積乱雲だ。

南シナ海では、朝から強い日射が海面に降り注ぎ、海水を熱して上昇気流を発生させ、雄大な積乱雲を発達させる。それらは午前中から盛り上がり、高さは五〇〇〇〇フィートにも達し、午後には発達し切って崩れ始め、夕刻には消える。

ところが深夜になると、またムクムクと発達し始める。

なぜ夜なのに雲が発達するのか……？　昼間の日射で海面は大量の熱をため込んでいるが、深夜になると上空の大気が冷える。すると相対的に温度差が大きくなる。そのため夜半過ぎに再び、海洋のそここで積乱雲の発達が始まるのだ。この辺りの航空路を深夜に飛ぶ民間旅客機は、気象レーダーで前方をよく監視していないと、新月の時などは知らぬうちに突っ込んでしまう――

「――――」

戦闘機に気象レーダーはない（索敵照準用のXバンドレーダーには空気中の水滴は映らないし、現在働かせてもいない）。

仕方ないか……。

少尉は、ヘルメットの目庇の上に載せていた暗視ゴーグルを、両手の指で顔に下ろした。今のところ気流は静穏だ。数秒間、右手をサイドスティック式操縦桿から離しても、F22ラプターは水平姿勢を保って微動だにしない。

だが

「――うわ!?」

途端に、緑色がかった円型の視野に、尖ったように盛り上がる白い山が現れ、目の前に迫って来た。ぶつかる……！

少尉はとっさに、右手で操縦桿を左へ倒す。フライバイワイヤが機敏に反応し、F22は瞬間的に左バンク。ぐっ、と座席に押しつける下向きG。傾く前方視界――暗視ゴーグルの視界で、先行している三番機が反対の右へ雲を避けるのが見えた。三番機はひらっ、と盛り上がる白い稜線をかわし、視野の外側へ吹っ飛んで消える。だがフレール少尉は回避がわずかに遅い、発達中の積乱雲の左側の白い稜線を、機体の腹で引っかけてしまう。

「シット！」
　ずがガっ、と突き上げるような衝撃を食らい、思わず声を上げていた。
「はぁ、はぁ」
　マスクの酸素を吸い込む。
　やばい、まともに突っ込むところだった――
　操縦桿で姿勢を回復し、肩で息をしながら、後方を振り返った。ゴーグルの円い視界に
そびえるのは、鋭く尖った峰のような積乱雲だ。発達中の最盛期だろう、軽く稜線に引っ
かけただけでこの衝撃だ……。
（やっぱり、ゴーグルはしておいた方がいいか……）
　少尉は唇を噛んだ。
　出発前に『暗視ゴーグルは任務飛行中、常に装着せよ』と指示されてはいた。しかし、
こんな物を好きで顔につけるパイロットはいない。
　確かに、暗闇でもよく見えはする――しかしこの暗視ゴーグルというのは、双眼鏡を覗
いているような感じだ。視野は円型の狭い範囲に限られてしまう。周囲の情況全体を見よ
うと思えば、首を常時動かし続けなければならない。もし、速い小さな移動目標を見つけ
て、目で追おうとしても視野の外へ外れたら簡単に見失う。

それよりも、なるべく目を暗闇に慣らし、外界全体を見られるようにした方がいいのだが……。

（そうだよ。長機の位置も分かりゃしない……）

今回の〈任務〉。

それは、ある国の空軍が行う作戦行動を、密かに援護することだ。

そのために四機のF22ラプターは沖縄から派遣されて来た。

四機は、二機ずつの編隊に分かれている。フレール少尉は四番機。先輩の三番機とペアで編隊を組んでいる。

参ったな。リーダーはどこだ……。

先ほど針路を南へ向けた際、一番機の編隊長・ネルソン少佐機から『打ち合わせ通りに散開』の指示を受けた。一・二番機が高度をやや下げて先行、三・四番機は三〇〇〇フィートを保って、後方約二マイルのポジションからバックアップする。

「諸君の『援護』すべき友軍編隊は」

出発前の任務説明で、戦術航空団の情報士官が説明した。

俺たちをフィリピンのスービックまで来させておいて、何をするのか知らされるのが、離陸の直前とは――

「新鋭のスホーイ30が六機だ。彼らは五〇〇〇〇フィートの高空を北から南下して来て、『攻撃目標』の環礁の二〇〇マイル手前で急降下、海面上超低空を這って進撃する。現在、ファイアリー・クロス礁の防空レーダーがフル稼働しているという情報はないが、用心のためだ。また、中国側のレーダーに接近を感知されたとしても、くだんの〈人工島〉の滑走路にはまだ人民解放軍の戦闘機は配備されていない。対空ミサイルの配備もない。しかし歩兵携行型の赤外線対空ミサイルはあるだろう、ベトナム軍はデス・スターが建造中の状態であっても万全の態勢で攻撃をかけるというわけだ」

情報士官が冗談を交えても、笑う者はなかった。

中華人民共和国が、南シナ海・スプラトリー諸島に属する環礁のいくつかを埋め立てて〈人工島〉に仕立て、その上に大規模な軍事施設を造っている。

南シナ海はすべて中国の領海である、という趣旨の主張をもとに、広大な海域を軍事力で支配しようとしている。

この海に面したフィリピン、ベトナム、ブルネイ、マレーシアなど各国は反発しているが、中国は造成した数か所の〈人工島〉に着々と滑走路や港湾などを整備、聞く耳を持たない。

これが現在の情況だ。元はといえば、フィリピンに駐留していたアメリカ軍が撤収し、南シナ海に軍事プレゼンスを示さなくなったのが遠因でもある。沖縄が立地する東シナ海とは大きく違い、中国人民解放軍はこの海では好き放題に振る舞っている。

その動きに対し、唯一、歴史上も中国とこれまで何度も軍事衝突を繰り返して来たベトナム共和国だけが、いま実力行使に出ようとしている。

中国政府が肝いりで立ち上げたＡＩＩＢ（アジアインフラ投資銀行）の設立式を翌日に控え、先進諸国へいい顔をしなければならない時機を狙って、密かにベトナムは東海岸のダナン基地から最新鋭スホーイ30戦闘機六機を爆装で発進させ、スプラトリー諸島（元はベトナム領だったものを中国が武力で奪取し占領している）の最も大きな軍事拠点ファイアリー・クロス礁を空爆し、完成間近の三〇〇〇メートル級滑走路を破壊してしまおうというのだ。

「諸君は、彼らの攻撃が無事遂行されるよう、後方から密かに見守れ」

「見守る、というのはどういう意味です」

四機を率いる編隊長のネルソン少佐が聞き返した。

蒼い目に金髪。三十代だが口髭（くちひげ）を生やしている。どちらかと言うと、戦闘機パイロットというより大手の銀行で金融工学を駆使するような、知的労働エリートに見える。

「ベトナムの編隊を、護衛しろと言われるのですか。そもそもなぜ我々アメリカが直接、手を下さないのか？」

「お分かりだろう、少佐」

　情報士官の中佐は肩をすくめた。

「われらが大統領が数年前、『核廃絶』を訴える演説をして、ノーベル平和賞をもらってしまった。以来わが国は、世界中の紛争地域で強い軍事行動が取れなくなった」

「――」

「――」

「大統領の真意は、核の廃絶ではなくて、核を持つ国をこれ以上に増やさないということだったのだが……。世界はそう取らなかった。ものの弾みでノーベル賞などもらってしまったために、イラクからも兵力を退かなくてはならなくなった。わが国からほかの国に対して新たに攻撃をかける、ということも出来なくなった。少なくとも、今の大統領がメダルを持って故郷へ引っ込むまでは」

「――」

「――」

　フィリピン軍から間借りした作戦説明用のブリーフィング・ルームには、四名のパイロットが革製のリラックス・チェアに座っていた。

　ほかに、Ｅ３Ａ早期警戒管制機が一機、支援に入る予定だが、ボーイング７０７を改造した大型四発機のＡＷＡＣＳは嘉手納基地から作戦空域へ直接飛来する。

フレール少尉は、ラプターに乗り始めて一年（その前にF15Cに二年乗った）、飛行隊では新米に当たる。小さい頃から数学が得意だったために飛び級で進学し、二十歳で大学を終え、二十一歳で大学院の修士課程を終えている。空軍には情報分析の仕事をしようと入ったのだが、士官候補生課程でパイロット適性があることが分かると、操縦士コースへ進むように命じられた。

自分でも思うが、数学は得意だが、パイロットとして飛び抜けて優秀なわけではない。だからF15Cを二年だけ経験して、すぐ『ラプターへ行け』と言われた時には驚いた。当時のF15の飛行隊には、ポール・フレールよりも経験が豊富で、空戦に強く、F22への転換にふさわしいと思える先輩パイロットがたくさんいたのだが——

第二七戦闘飛行隊へ来てみると。いわゆる勉強の出来るパイロットだ。マニュアルなんか滅多に読まないな、と感じた。全部ではないが、自分と似たようなタイプの先輩が多いけれど操縦の腕は抜群、というようないわゆる『マッチョ・パイロット』は皆無だ。

ラプターへの転換訓練も、シミュレーターが完備していて、訓練カリキュラムの大部分は『いかにしてステルス機の〈システム戦闘〉を効率的に運用するか』、その思考技術の習得に割かれていた。実機に乗って飛ばしたのは、シミュレーターの技量チェックにパスしてからだった。それもラプターには複座タイプが無いので、いきなり一人で乗る。「空中機動能力は凄いそうですね」出発前のブリーフィングで教官に訊くと、「一応、空中機動課目はカリキュラムに入っているから、上空で一人で練習していいけど。でもそんなものが実戦で必要になるなんて考えている人間は、ここには一人もいないよ」そう言って肩をすくめる。「どうしてですか？」「それは、君も知っているだろう」若手の教官は言った。

「F22は、敵に探知されず、気づかれないうちに遠くから中距離ミサイルで敵を殲滅してしまうんだ。敵機と近接格闘戦に陥ることなんて、想定していない。だから格闘戦用のヘルメット・マウント・ディスプレーも、メーカーから提案されたけれど装備していない。使いもしないのに、重たいヘルメットを被らされるのは御免だからね」「はぁ……」「格闘戦の機動課目は、一応練習したら、カリキュラムの記録にチェックマークだけ入れてファイルしておいてくれ。技量審査でも、そこは見ないから」「はぁ」

機種転換訓練を終え、ラプターの新人パイロットとして勤務についてみると。飛行隊はインテリのパイロットばかりで、何だか大学に戻ったような錯覚を受けた。

その中で、異色のパイロットが一人いた。

訓練飛行を終えてランプ・インしたF22の一機から、小柄な飛行服姿が降りて来るのを見た。身のこなしが軽い――しかし地面に足をつけた瞬間、ふらついた。搭乗梯子にしがみついて身体を支え、前かがみになって激しく息をついた。

何だろう、と思った。

「諸君の任務は」

情報士官が〈任務〉の核心に言及したので、フレール少尉は回想を断ち切る。

だが、自分が初対面で強い印象を受けたそのパイロットは、すぐ隣の席にいる。ヘルメットを取ると白に近いプラチナ・ブロンド。ほっそりした体軀の女子パイロットだ。

横目でちらと見ると、濃い眉と猫のような切れ長の目。

「諸君がすべきことは」情報士官は壇上の作戦地図を棒で指す。「ベトナム空軍のファイアリー・クロス礁空爆が成功するよう、密かに援護することだ。彼らは極秘のまま突入し、攻撃するつもりだが、わが国の情報機関には容易にその動きが摑めてしまった。同様に、中国にもすでに知られていると見るべきだ。だが中国はＡＩＩＢの設立式を明日に控え、表立って軍を動かせない。何らかの別の方法で妨害し、ベトナムの作戦行動を闇に葬ろうとするだろう。諸君らは戦闘空域を後方から監視して、もしベトナム編隊に接近を試みる未確認機を発見したら、牽制して近づけないようにしろ」

「撃墜してもよろしいか」

ネルソン少佐が訊いた。

「ベトナム編隊が何者かに攻撃を受けた場合、攻撃して来た未確認機を、我々が撃墜してもよろしいですか」

「もちろんだ」

情報士官はうなずく。

「ベトナムは同盟国であり、友軍だ。友軍が攻撃を受けた場合、交戦規定に従って編隊長の判断で戦闘して構わない」

「分かりました」

そのやり取りを、ポール・フレールは後列のリラックス・チェアで聞いた。

身じろぎした気配に、隣席をまた見ると。猫のような切れ長の鋭い目で、小柄な女子パイロットは前方の作戦地図を睨んでいる。飛行服の左腕の階級章は中尉。


（しかし、参ったな……）

ふいに目の前に現れた積乱雲（あのように尖った雷雲は、気象レーダーがあったとしても点のように小さく映るので回避は難しいと言う）を避けるため、編隊が崩れた。

自分の長機である三番機と、編隊を組み直さなくてはならないのだが――

周囲の暗黒を見回す。

エリス中尉は、どこだ……？

交信も、最小限にしろと指示されている。

しかしゴーグルの視野では、広大な空間を虫眼鏡で探るような感じだ。遠い水平線上に発達中の積乱雲が林立する景観――しかし三番機の後ろ姿は、視野に入って来ない。はぐれることは無いはずだ。マップ画面で僚機の位置は分かる。

ＭＦＤのマップ画面の中、自機のやや前方に、緑色の菱形シンボルが浮かんでいる。二マイル前方に二つ、すぐ右横に一つ。先行する一・二番機、そして自分の長機である三番機の位置だ。

レーダーを働かせているのではない（働かせてもＦ22はレーダーに映らない）。互いの航法システムのＧＰＳポジションを、データリンクでやり取りし、僚機のコクピットのマップ上に緑の菱形として位置を知らせている。

マップにはそのほかにも、南シナ海の航空路を行き来する民間旅客機が、多数の白い菱形シンボルとして浮かぶ。たくさんいる――マップのレンジを広げると、無数の白い点が散らばっている。動きを見ていると、それらは高度差をつけて数マイル間隔で列をなし、空に引かれたエアウェイの上を移動しているのだと分かる。

この辺りの海域はシーレーンだが、空も交通の要衝だ。

五〇マイルほど前方で、航空路Ｌ６３８とＭ７７１、Ｎ８９２とＱ15が格子状に交差している。白い菱形の列が、画面の左右から現れ、四本のエアウェイ上を斜めに交差するようにして海を渡っていく。次から次へ――深夜だというのに交通量は多い。

「深夜は着陸料が安くなるから、ＬＣＣ（格安航空会社）が一斉に飛ぶんだ。民間旅客機には注意してくれ」

情報士官の言った通りだ。

それらの白い菱形は、五〇マイル後方からついて来ているE3A早期警戒管制機が空域全体を索敵し、識別したものをデータリンクで送ってくれている。F22編隊は一切、自分からレーダーを働かせなくても、半径およそ二〇〇マイルの空域に浮かんでいる飛行物体はすべてマップ画面で位置を把握出来る。

(すぐ近くに、いるはずなんだ)

マップ上では、三番機を示す緑の菱形は、自分の機のすぐ右横にいる——

どこだ。

マップ画面を、今度は拡大してみる。すぐ右横にいるはずだ……。緑の菱形が浮かぶ方向を、暗視ゴーグルで目を凝らして探す。闇夜に黒い戦闘機が、標識灯も消してしまっているのでは元より肉眼で視認は無理だ——

(——いないな、どこだ)

と

『どこを見ている、少尉』

ふいにヘルメットのイヤフォンに声がした。

第Ⅰ章　見えない魔物

1

南シナ海　スプラトリー諸島北方二〇〇マイル
F22コンドル編隊　三番機

『どこを見ている少尉。わたしはここだ』

アルトの声とともに、頭上で星空が一瞬、陰る気配がした。

「……!?」

思わず、振り仰ぐと。

何だ。

グォオオオ——

低い排気の唸り。

黒いブレンデッド・デルタ翼のシルエットが、ポール・フレールの右肩のすぐ上、覆い被さるように浮かんでいる。わずか三〇フィート（九メートル）上——

「そ」

そんなところに……!?

ヘルメットの下で、目を見開いた。
近いので、暗視ゴーグルをつけていると低視認塗装の機体ナンバーまで読み取れる。
Ｆ22ラプター――見失ったと思っていた三番機だ。
（しかし）
い、いつの間に、こんな近くへ……。
気づかなかった。
さっき三番機は、前方で積乱雲を避けるため右方向へ離脱を――
『マップに頼るな。周囲は目で監視しなくては駄目だ、少尉』
女性の声。低めのアルト。
『データリンクの位置表示には必ず誤差のズレがある』
「――そんなこと言って」
だが少尉はムッとしたように言い返す。
すぐ右上に近接編隊を組む、ラプターの腹を睨む。
「任務中に、遊ばないでください中尉」
一年前。固定でペアを組め、と命ぜられた。ポール・フレールが機種転換訓練を終えて間もなくのことだった。以来、ガブリエル・エリスと組んで飛んでいるが、この先輩を女だと思ったことはあまり無い。性格は男みたいだし——一度だけ『先輩は無駄に美人ですね』と言ったら『フン』と笑った。本人も自分のことを女子だとは意識していないのかも知れない。

驚かされるのは、いつものことだ。

初めてペアを組み、本国のラングレー基地から発進、砂漠の上の訓練空域で模擬攻撃のミッションをこなして帰投する時。

『フレール少尉、つき合え』

いきなりそう告げると、ガブリエル・エリス中尉は組んでいた編隊をブレークして、空戦機動でポール・フレールの後尾へ食いつこうとした。

びっくりした。

「中尉、な、何をするんです!?」

『ただ飛んで帰るだけでは、空中に浮いてる時間がもったいない』

「えっ」

『そら、わたしから逃げて見せろ。ぼやっとしてたら墜とすぞ』

エリス中尉は、基地と訓練空域の間を往復する十数分の飛行を、ただまっすぐ飛ぶのは無駄でばかばかしい、と考えているのだった。

だからその間を、格闘戦のトレーニングをしながら飛ぶのだと言う。

往路は訓練空域へ向かいつつも、クルクル軸廻(まわ)りに廻ってエルロン・ロール等の機動の練習。

帰路は僚機のフレール少尉に襲いかかり、格闘戦の相手をしろと強要する。

「ちゅ、中尉はいつも、こんなことやっていたんですかっ」

『そうじゃない、先輩は誰もつき合ってくれない』

「えっ」

『だから後輩のあんたが来るのを、楽しみにしていたっ』

「ええっ？」

当分、エリス中尉と固定でペアを組んで飛べ。

第二七戦闘飛行隊の隊長から、そのように指示された時。

ポール・フレールは新米だったから、そうか、この飛行隊ではパイロット同士で固定ペアを組ませ、技量の向上を図るんだなと理解した。実際は先任のパイロットたちが皆な嫌がって、ガブリエル・エリスと一緒に飛びたがらないので、押しつけられたのだった。

経験は浅いが卓越した個人技能を持つガブリエル・エリスは、F15の飛行隊から選抜され、一年と少し前にF22へ転換して来たのだが「ラプターの優れた空中機動能力を生かさないのはもったいない」と言い、飛行隊の日常訓練が遠くから忍び寄って敵編隊や地上目標を殲滅する課目ばかりなので、近接格闘戦の練習を『個人的に』やっているらしい。

そして、訓練空域への行き帰りしか、それをやる時間がない。

先輩たちからしてみれば、その行ないが『うるさくて仕方ない』らしい。

それでも初めの頃は、つき合ってくれる先輩もいた。

フレール少尉が飛行隊に勤務するようになってすぐの頃、訓練飛行から帰投した機体を降りて来る彼女を見た。まるで四〇〇メートルを自由形で泳ぎきった水泳選手がプールサイドへ上がった直後のように、フラフラに見えた。

いったい、上空でどんな飛び方をしたのか――

その時に、格闘戦の相手をしてやった先輩パイロットが、フラフラどころでなく頸椎を痛めたらしい。F22で本気で格闘戦をやると、在来のF15などとは比べものにならない運動荷重――Gがかかる。普段から空戦機動などあまりやらない人間が急にやったら、身体へのダメージは大きい。

飛行隊長から「そういう真似はもうやめろ」と注意されたのだが、本人は「本気で格闘して首を痛めるようじゃ、ラプター乗りの資格がないでしょう」と言い返したらしい。

訓練の行き帰りに空戦機動の練習をするのも、やめようとしない。誰があんなのをF22

へ寄越した、と文句が出たが、ガブリエル・エリスは空軍士官学校ではないが大卒で、F15飛行隊時代の成績は学科を含めて極めて優秀だった。ただ『性格がエキセントリック』とは身上書に書かれていなかった。選抜を行なったのは空軍上層部である。

「とにかく、編隊位置につきます」

ポール・フレールはサイド・スティック式の操縦桿を右手でわずかに左へ倒し、機体を数フィート、左へ横移動させる。

すると、同時に右肩の上にいた三番機の黒いシルエットが下がってきて、同じ高さに並んだ。

格闘戦の練習相手になることを、強要されるだけではなかった。

エリス中尉は、ポール・フレールに時折り一番機のポジションを取らせ、訓練空域へ向かう途上で彼の視野の死角へ入り込む練習もやった。僚機の位置からちょっと目を離し、ほかを見てからバックミラーへ目を戻すと、もういなくなっている。

「中尉」

怒ると、右後方の主翼の下からラプターの黒い機体がフワッ、と浮き上がって現れる。

いつの間にそこへ……？　目を離したのは数秒なのに。

「あ、遊ばないでください」

『あんたが僚機から目を離さなければ、隠れたりはしない』

ガブリエル・エリスは言い返す。

『わたしから注意がそれた。それが見えた、だから隠れて見せた』

その日の訓練飛行後のデブリーフィングで、僚機の位置はいつも視野に入れろ、一瞬でも注意をそらしてはいけないと言われた。

そういう〈悪戯〉をしょっちゅうされたので、ポール・フレールは自然と、飛行中は視野を広く持つよう努めるようになった。

また、近接格闘戦の技も、無理やりつき合わされる中でたくさん練習した。おそらく第二七戦闘飛行隊の中で、格闘戦の練習量ならば自分とエリス中尉のペアが一番だろう——ラプターのオペレーションではほとんど使われない技ではあるが……

「ゴーグル、使っていたんですか」

暗黒の中、同じ高さ、真横よりもやや右前方に占位したF22の三番機を見て、ポール・フレールは訊いた。

無線をなるべく使うな、とは指示されていたが。

二台あるUHF無線機は、一番を編隊指揮周波数、二番を国際緊急周波数にセットしている。航法マップを見ても、半径二〇〇マイルの範囲内に怪しい機影はない。UHF無線の電波は最大でも二〇〇マイルしか届かない。

『いいや』

三番機のキャノピーの中で、黒いヘルメットがこちらを向くのが分かった。

搭乗者の上半身が見える。シルエットは小柄だ。

『そんなもの使わない』

「でも」

日頃から『視野を広く持て』と口癖のように言う先輩が、自分の前方で積乱雲を的確に避けた。あれは、暗視ゴーグルをつけていなかったら、出来たはずが無い。

「さっきは、雲を――」

『あんなもの、肉眼でちゃんと見える』

「え」

『目は、鍛えろ少尉。わたしは昼間の空でも星が見える』

「……？」

え。

何だって……？

だがその時。

『スカイネットよりコンドル・リーダー』

ふいに指揮周波数に、声が割り込んだ。

スカイネットは、E3A早期警戒管制機のコールサインだ。後方五〇マイルで空域全体を監視している。

『お客さんが来た』要撃管制官の声が言う。『機数六。ダナンから洋上へ出て南へ変針、進路一八〇で接近中。高度五〇〇〇〇』

『了解だ』

一番機・ネルソン少佐の声が応える。

『これより左右へブレーク、待機旋回に入る。コンドル・スリーは規定のポジションへ。コンドル・ツー、続け』

『スリー』

『ツー』

「フォー」

了解、の意味を込めてポール・フレールも無線に短く応え、視野の中で右方向へブレークする三番機に追従し操縦桿を右へ倒す。

ぐっ、と暗黒の世界が傾き、F22ラプターは旋回に入る。

やっぱり、リーダー機が見えていないと話にならない――

しかたなく、暗視ゴーグルは使い続ける。

（――――）

双眼鏡みたいな円い視野だが、リーダー機の細かい動きが見えないよりは増しだ。

急に、どこかへ行っちゃわないで下さい中尉……。

円い視野の右上、三番機のシルエットが入り続けるよう気をつけながら、プライマリーMFDの航法マップにも目をやる。右手で旋回姿勢を維持。

「――これか」

マップ画面は、自機を中心に緩やかに廻り出す。

来た。北方から、黄色の菱形が三つ。その後ろから、さらに三つ――合計六目標が姿を現した。

〈作戦〉の説明では、スプラトリー諸島北方空域へ進出して空中待機し、ベトナム軍の攻撃編隊が北からやって来るのを待つ。

そして、ファイアリー・クロス礁へ突入する彼らを先に行かせ、後方から密かにバックアップする。

「いっそのこと、JDAMを携行して行って、我々もついでに爆撃したらどうです」

ブリーフィングの場で、そう発言したのはネルソン少佐だ。

現場の編隊指揮官が、作戦の方針に口を出すことは通常はない。

しかしF22のパイロットにはエリートが多い。将来、アメリカ空軍の幕僚を経由して、将軍に昇りつめるような人材が揃っている。誰がそう、とはっきりは言われない。しかしそういう所謂『一選抜』の士官は、自分で何もアピールしなくても、周囲がそういう目で見るから分かる。

将来、司令官や幕僚になるのなら、なおさら興味が向くのは空中格闘戦の個人技などではなく、ステルス機を用いた〈用兵〉だろう。将官からは政界へ出る人もいる。アメリカ合衆国の担う国際的な使命についても、考えているだろう。

「今回の動き——環礁の埋め立てと、その軍事拠点化を許せば、南シナ海は中国の領海になってしまう。一度軍事的実効支配を許せば、元の自由な海に戻すことは不可能です」

「それは分かっている、少佐」

情報士官は頭を振った。

「しかし中華人民共和国は核保有国であり、UNの常任理事国だ」

分かるだろう、と言いたげに、そこで言葉を切る。

核保有国を相手に、じかに喧嘩をするわけには行かない……。

しかし
「ケネディは、やりましたよ」

ネルソン少佐は言い返す。

士官たちの中に、最近『わがアメリカはどうなってしまうんだ』という苛立ちの気分が広がっている。少佐の言葉は、それを代弁するかのようだ。

昔——一九六〇年代。旧ソ連が、キューバに核ミサイルを配備しようとした時。当時のケネディ大統領は『全面戦争も辞さない』という構えで対峙して交渉し、ソビエト共産党に譲歩させた。結果としてキューバにミサイルが搬入されることは無かった。戦争の覚悟はしたが、銃弾は一発として撃たずに済んだ。

ひるがえって、今の俺たちの大統領は何をやっているんだ……ゴルフか？

フレール少尉は『我々はどうするべきか』という士官たちの議論にはあまり加わらなかった（エリス中尉と一緒にいると、議論に混ぜてもらえない）が、中国が南シナ海を我がものにして環礁を着々と軍事拠点化する動きを、かつてカリブ海にソ連のミサイルを持ち込ませなかった時のように防ぐのは難しいだろう、と感じていた。

ベトナムを代わりにけしかけて、それを後ろからバックアップか……。

いや、アメリカがけしかけたのではなく、あくまで危機感を抱いたベトナム共和国が独自に決断して動いたのだろうが——

（——この連中）

フレール少尉は、機を緩く旋回させながら、マップ画面上を北方から近づいて来る黄色の菱形シンボルを見た。

うまく、やれるかな……。

2

南シナ海　スプラトリー諸島の北方
F22コンドル編隊　四番機

(来た)

編隊は、緩い待機旋回に入っている。

フレール少尉は機を右旋回させながら、暗視ゴーグルの円い視野の右上に三番機の後ろ姿が入るようにし、同時に視野の下の端でプライマリーMFDのマップ画面をちらっ、ちらっと見た。

黄色い菱形――敵ではないが、データリンクが繋(つな)がっていないため緑でなく黄色――の群れは、三つずつ編隊を組み、北方から急速に近づいて来る。

それぞれの菱形の横に、小さく数値が並ぶ。空域全体を監視するE３A早期警戒管制機のパルス・ドップラーレーダーが測定した、速度や高度などの推定データだ。

高度五〇〇〇〇フィート、速度マッハ〇・九五。

ピッ

計器パネル左横のサブＭＦＤは〈戦術情報〉表示だ。マップと似た構図で、周囲の友軍の配置が表示されている。

今その端に『Ｓｕ30』という文字情報と共に、六つの黄色い菱形が現れる。さらに『ＲＷＳ』という文字表示。

Ｆ22の機体表面には、三十数個のパッシブ・センサーが埋め込まれ、周囲の空間に飛び交うあらゆる電波を捉えている。

どこかから戦闘機の索敵レーダー波が飛んで来れば、たちまちＡＮ／ＡＬＲ94受動探知警戒システムが解析して、電波の飛んで来る方位をパイロットに知らせ、同時に周波数をデータベースと照合して自動的に相手機の機種まで推定し表示する。接近中のターゲットはスホーイ30、機数六、レーダーを広域捜索モードで働かせている――

（スホーイ30だ。ブリーフィングの通りだな）

ピピッ

マップの画面上を、六つの黄色い菱形は接近して来る。

こちらは同じ場所を待機旋回している。みるみる近づいて来る。

戦術情報画面で見ると、こちらの存在が向こうのレーダーに捉えられた兆候は無い――スホーイ30の搭載するレーダーがどんな性能のものか詳しくは知らないが、こちらの編隊を捉えていれば、素姓をよく知ろうとしてロックオンして来るだろう。しかし六機のSu30は、レーダーを依然レンジワイル・スキャン（広域捜索）モードで働かせ続けている。

見つかっていない。

アメリカのF22が四機、ここを旋回しているのに気づいていない。

（――どこだ）

フレール少尉は機を旋回させながら、六つのターゲットがやって来る北方の空を見る。

目視でも確認したい。

暗視ゴーグルの視野には、水平線に林立する積乱雲。

どこにいるんだ。

標識灯など、点けてはいまい……。暗黒の五〇〇〇〇フィートの高空を、ほとんど音速で飛来する小さな機影だ。

マップ画面を見て、やって来る方向を確かめ、そちらを見上げるのだが。

（くそ）

ゴーグルの視野が、狭いせいか――？　見つけることが出来ない。向こうもこちらには気づいていないわけだが……。

その時
『来た。見えたぞ』

「えっ」

ヘルメット・イヤフォンに響いた声。

嘘だろう、と思うが
『友軍のターゲットを視認。六機来る、タリホー』

アルトの声は『見えた』と宣言した。

ゴーグルもつけていないのに……？

『旋回を続けろ中尉。先に行かせる』

ネルソン少佐の声。

少佐も、声の感じ（わずかに苛立った様子）から、六機を目視では見つけられていないようだ。

だがどのみち、ベトナム編隊が肉眼で見えるかどうかは、あまり問題ではない。

ピピッ
六つの黄色い菱形はたちまち近づいて来ると、マップ上で位置が重なる。待機旋回するフレール少尉の頭上を、通過する。

「……！」

その時になって、ようやく真上の星空を横切る、鋭い疾い影が一つ見えた——見えたと感じた瞬間、暗視ゴーグルの円い視野を突っ切って消えてしまう。今のは、六機のうちの一機だったか……!? 自分には、真上に来てから一瞬見えただけだった。

まずい、やはり視野がリミットされていて、疾い目標は目で捉え切れないぞ……。

不安に思う暇も無い。

『バックアップに入る。私とコンドル・ツーは護衛対象の第一編隊をガード。スリーとフォーは第二編隊の後方につけ。突入するまでガード』

『ツー』

『スリー』

「フォー」

ベトナム編隊の位置は、マップ画面でははっきり分かる。後方のE３Aが、レーダーで索敵し、データリンクで位置を送ってくれている。

この三つと、三つ——合わせて六個のターゲットが、攻撃目標のファイアリー・クロス礁へ無事に突入してくれればいい。

マップの南方、二〇〇マイル程先の位置に、ブルズアイと呼ばれる目玉のようなマークがある。〈攻撃目標〉を示す印だ。

フレール少尉は、視野の右上に見えている三番機が、南に向いたところでバンクを戻すのを待った。ベトナム編隊の後ろ側の三機を、さらに後方からバックアップするのだ。

しかし
「――中尉？」

三番機の後ろ姿は、機首が南――六つのターゲットが飛んで行った方角へ向いても、旋回を止めようとしない。そのまま廻り続ける。

第二編隊を追わないのか……？

ポール・フレールの疑問を、承知しているのか
『まだだ』

アルトの声は無線で言う。

今、くっついて行っても仕方がない――そう言いたげだ。

（し、しかし）

いいのか。

間隔が、空き過ぎてしまうぞ……？

マップ画面では、六つの黄色いターゲットのうち先行する三つが、高度を示すデジタル数値を減らし始める。降下に移ったのだ。〈CD1〉、〈CD2〉と表示された緑の菱形二

つも追従して降下に入る。

続いて、後続の黄色い菱形三つも高度を下げ始める。マップ上ではブルズアイ——ファイアリー・クロス礁の〈攻撃目標〉を示す目玉のようなマークの、二〇〇マイル手前だ。ちょうど交差する四本の航空路の真下をくぐり抜ける形だ。予定通り、海面すれすれの超低空まで降下するのだろう。

南シナ海　ファイアリー・クロス礁北方
F22コンドル編隊　一番機

「――――」

ベトナム編隊を追従に入った。

アーネスト・ネルソン少佐は、マップ画面の自機の三角形シンボルのすぐ上に、三つの黄色い菱形を置くように操縦桿を操った。

旋回を中止。ほぼ真南を向く針路。

マップ画面で黄色い菱形の高度表示が減り始めると、自分も操縦桿を前へ押し、機首を下げると同時に左手でスロットルを絞った。

スホーイ30三機をやや下から見上げる体勢のまま、降下に入る。

間合いは、一〇マイルくらいか——こちらからレーダー電波は出さないが、ラプターはIRST（赤外線走査索敵システム）を持っている。一切、索敵電波は出さなくとも、三〇マイル以内であればエンジン排気熱を出している航空機をレーダーと同じように探知出来る（ただし方位は分かるが正確な距離は測定出来ない。IRSTは天体を観測するのと同じことをしている）。

ピッ

戦術情報画面で、黄色い菱形の横に『IR』の文字表示が浮かんだ。機首に装備するIRSTが、赤外線の眼で前方の三機を捉えた。

同時にヘッドアップ・ディスプレー上に緑色のターゲット・ボックスが三つ、ぱっと浮かび出る。IRSTの捉えた空中目標がその方向にいる、とパイロットに教えている。

そうさ。

少佐は、つい数分前、一瞬だけ苛立つ気持ちになったことを忘れることにした。

戦闘機パイロットにとって、遠くから空中を飛んで来る機影を、自分よりも先に他人に見つけられるのはプレッシャーだ。『見えた』と告げて来たのが後輩の部下である場合は、なおさらだ。ほら、わたしは見えたぞ。あんたは見えないのか……？　そう言われている感じがする。能力の違いを見せつけられるようで、面白くない。

（まったく）

思わず、心の中でつぶやく。

あいつは大昔の戦闘機乗りにでもなったつもりか……？

時代は、違うのだ。Ｆ22は、早期警戒管制機ともリンクし、あらゆる種類のセンサーで空中に浮いている物体はあますところなく存在を捉える。この機に乗っている以上、肉眼で空中の機影が見つけられるかどうかなど、ほとんど意味が無い。

ガブリエル・エリス中尉は優秀で、Ｆ22の通常のミッションもそつなくこなす。しかし訓練空域への行き帰りで格闘戦の練習を趣味のように続けていて、止めようとしない。

一度、エリス中尉の挑戦を受けて練習相手になった幹部パイロットがいた。彼の話では『斜め宙返り巴戦に持ち込まれ、一瞬で魔法のように背中に食らいつかれた』という。振り切ろうとして、そのパイロットは後ろを振り向いたまま強いＧをかけてしまい、首を痛めた。しばらく地上で療養しなくてはならなくなってしまった。

まったく、何をやっている……。

だが、今回の〈任務〉にガブリエル・エリスを選んだのは、格闘戦の練習なんか止めろと説教をした隊長本人だ。

（隊長も何を考えているのだ。私が次の隊長になったら、あんなのは――）部隊から放り出してやる、と考えかけた時。

「おい」

ネルソン少佐は思わず声を出していた。マップ画面、自機のシンボルの後方――緑の菱形が二つ、まだ高度三〇〇〇〇で待機旋回を続けている。

F22コンドル編隊　四番機

『エリス中尉、何をしている』

ヘルメット・イヤフォンに『ルテナン・エリス、ホワッチュー・ドゥーイング・アップゼア』という丁寧だが叱りつける声が入る。

『第二編隊をガードしろ』

うわ、やばい。

フレール少尉は、前方を平然と旋回する三番機と、ベトナム編隊の飛び去った南の方向を交互に見た。

「中尉」

少佐が怒ってますよ、という意味を込めて呼ぶと

『分かってます』

アルトの声が、抑揚も無く応える。

『ガードします、ちゃんと』

F22コンドル編隊　三番機

（───────）

ガブリエル・エリスは、コクピットの射出座席にリラックスした姿勢でもたれながら、マップ画面を見ていた。

顔に酸素マスクは着けているが、暗視ゴーグルは外している。さっきまでヘルメットの眼庇の上に上げていたのを、今は完全に外して、サイドの物入れに収納してしまった。

じゃまくさい。

代わりに猫のような切れ長の眼で、暗黒の空間を眺めている。

蒼い瞳は、ほとんど動いていない。視野全体を『一枚の絵』として捉え、その中で注意の焦点だけが素早く移動する。そういう物の見方をトレーニングしている。

ネルソン少佐の指示に、従わないわけではない。

命令は『ベトナム攻撃機の第二編隊を後方からガードせよ』だ。細かいやり方まで、指定されてはいない。

「───────」

ガブリエルは二十六歳。

戦闘機パイロットになろうと決めたのは、十八歳の時だった。ある出来事――コネチカット州の実家の屋根裏でのことだ――をきっかけに、そう決めた。

もっと早く、それを知っていれば。大学ではなく空軍士官学校へ進んだだろう。

それまで、自分が何をやりたくてうずうずするのか？

何かを、もの凄くやりたいのだが、何をやりたいのか分からない――不思議な焦燥感に十代の頃はずっと悩まされていた。

大学の寄宿舎へ移るため、荷物を整理していた時。いらない物を屋根裏へ収納しようとして、それを見つけたのだ。

お父様。この人は誰。

木箱に収められていた古い写真立て。

何かをしなくちゃ。その焦燥感の源は――

直感した。

ひょっとして、これなのか。

この人は――

「その人は、お前のひいお祖父ちゃんだ。ガブリエル」

写真立てを見せると、父が教えてくれた。

「正確には、お母さんのお祖父ちゃんだ。日本人だということは知っていただろう?」

「初めてだわ。写真を見るの」

「若い頃の写真らしい。それ一枚だけ残っている」

「後ろの飛行機は、何?」

『中尉』

無線の声が短い回想を断ち切った。

『中尉、間隔が空き過ぎています』

「――分かってる」

ガブリエル・エリスは猫を想わせる切れ長の目で、旋回を維持しながらマップ画面を視野の下側で監視していた。

そうだ。

思い出している場合ではない。

(――――)

仮に、自分ならば……。

先ほどから空域全体の様子は、見て把握している。

わたしならば、どうやってあれらに襲いかかる……?

仮に自分が、ファイアリー・クロス礁を防衛する側だったら。奇襲して来る六機の攻撃編隊を阻止するには、少なくともその三倍の数の迎撃戦闘機が必要だが——そんなものはこの近辺に存在しない。

しかし——

『中尉、いいんですか』

「————」

フレール少尉の声を無視して、猫のような目の女子パイロットはマップ画面と外界の暗黒を眺め続ける。

黄色い菱形が三つ、さらに三つ。高度を急速に下げながら南方へ飛び去って行く——

「——!」

目を上げた。

まさか。

『中尉、そっちは航空路です』

脳裏に閃(ひらめ)いた考えに、ガブリエル・エリスが反射的に右旋回をやめ、サイドスティックを切り返すと。左後方に慌てて追従して来るフレール少尉が咎(とが)めるように言う。

構ってはいられない。

『中尉⁉』

「――――」

今回のベトナム軍の作戦計画は、アメリカの情報機関に容易にばれた――ならば必ず中国にもばれている。そしてアメリカがベトナム軍の行動を密かにバックアップするだろうことも、中国は予測する。でも表立った軍事行動は取れない。ＡＩＩＢとかの設立を間近に控え、諸国から出資を募っている。戦争は出来ない。

密かに後方から護衛するラプター、そしてＡＷＡＣＳ――この布陣の中で、国際社会にばれない形で、突入する六機のスホーイ30を屠るには……。

半径二〇〇マイルの空域圏内に、所属不明の飛行物体は無い。Ｅ３Ａのパルス・ドップラーレーダーが、広大な空間の中で宙に浮いている移動物体はあまねく捉え、それだけでなくデータベースに照らして正体まで洗い出し、四機のラプターのコクピットに様々な色の菱形シンボルとして表示させている。

前方を格子状に交差する航空路を行きかう、白い菱形の列もそうだ――深夜はＬＣＣの旅客機がこの空域を盛んに往来する。台北、香港、マニラ、ホーチミン、シンガポール、ジャカルタ、クアラルンプール――主要大空港の着陸料が安くなるからだという。

今この瞬間、正体のわからない飛行物体は周囲に存在しない。

スホーイ30――複座の最新鋭戦闘爆撃機――の二つの三機編隊は、交通量の多い高速道路の真下をくぐるように降下して行く。洋上航空路は、それぞれが二九〇〇〇から四一〇〇〇フィートまで、二〇〇〇フィート刻みで立体的に航路が重なっている。四つの航空路で合計二十八本の通り道が、この先で格子状に重なっている。黄色の菱形の群れは、白い菱形の列の下にさしかかり、画面上では混ざり合ってしまう。海面近くまで降下すれば、民間機に異常接近する恐れは無いが――ファイアリー・クロス礁へ一五〇マイル。

「――シット」

ガブリエル・エリスは思わずつぶやいていた。

白い菱形の列は、高度差をつけながら数マイル間隔で往来する。マップ画面に斜めの線を引くかのようだ。北東から南西、北西から南東、そしてその反対方向――

あっちだ。

女子パイロットはF22を降下させず、三〇〇〇〇フィートを保ったまま航空路の一本へ接近して行く。

今、北東の中国本土方面から来て、南西――ベトナム南部かマレーシア方面へ向かう白い菱形が三つ、いや四ついる。数マイル前後しながら航行している。高度が表示される。後方五〇マイルから追いかけて来るE３Aが、機体に背負う大型レーダーで索敵し、各々(おのおの)の旅客機が搭載し働かせているＡＴＣトランスポンダー（航空交通管制用自動応答装置：

ＩＦＦの民生品）の応答信号を受け取って無害の民間機と判定し、測定した速度と高度のデータを送って来ている。菱形の横に小さな数字が表示されている。手前から37、35、31、29。それぞれ三七〇〇〇、三五〇〇〇、三一〇〇〇、二九〇〇〇フィート。

四つの白い菱形は、高高度を保ったまま一列に直進する。下の海面の黄色い菱形の群れと、斜めに交差する角度で近づいて行く。

（数が、多い――くそ）

一瞬ためらうが、左の親指でスロットル横腹の兵装選択スイッチを前方へ押す。〈ＭＲＭ（中距離ミサイル）〉の位置へカチッと入れた。

途端に機首のレーダーが息を吹き返して作動し、前方の空間を走査する。

「――さぁ」

戦術情報画面で、斜め前方を一列に行く白い菱形四つがカーソルに挟まれる。

女子パイロットは左の親指をカチカチッ、と繰り返し押し、兵装選択スイッチのダブルクリック機能で四つすべてをロックオンした。Ｆ22の機首のＡＮ／ＡＰＧ77レーダーは、二千個の微小素子によって形成され、お椀のようなアンテナは持っていない。従来型レーダーとの大きな違いは、同時に多数の標的をロックオンして追尾出来ることだ。

「ロックオンしたぞ。びびってみろ」

画面に向け、つぶやいた。

もし、この四つのうちの一つか複数、あるいは全部が『民間旅客機に化けた戦闘機』だとしたら……。

実際に存在する定期便のスケジュールの通りに飛行し、民間旅客便の応答信号を出している戦闘機――中国なら、やるかもしれない。

しかし後方からわたしにロックオンされ、偽装がばれたと感じたら、びびって何らかの挙動をするはず――

『中尉、それは民間機です、何をするつもりですっ⁉』

フレール少尉の声を無視し、ガブリエル・エリスは無線を2番UHFに切り替えると、国際緊急周波数に向けて言った。

「おい、ばれたぞ。ミッションを放棄して離脱しろ。逃げなければ撃ちおとす」

F22コンドル編隊　一番機

な、何だ……⁉

アーネスト・ネルソンは、いきなり国際緊急周波数に響いたアルトの声に、思わず後ろ上方を振り返った。

(今、何と――)

後方から遅れて来る三番機のペアが、中国機を発見して捕捉したのか……?

しかしマップ画面にも戦術情報画面にも、新たな探知目標は現れていない。無数の白い菱形が、列をなして動き続けているだけだ。

『コンドル・スリー、こちらスカイネット。君がロックオンしているのは民間機だ』

ヘルメット・イヤフォンに、E3Aの機上管制官の声が入る。

『ただちに追尾を止めろ。第二編隊をバックアップする位置へ戻れ』

何をやっている……!?

だが
「おい――」

後ろ上方を振り向いて、ネルソン少佐が咎めようとした時。

カッ
不意に視界が、真っ白に染まった。

「――う、うわっ」

3

南シナ海　ファイアリー・クロス礁北方一五〇マイル
F22コンドル編隊　一番機

カッ
不意に視界が真っ白に染まった。

頭上で閃光。

「うわっ」

アーネスト・ネルソン少佐は反射的に目をつぶり、操縦桿とスロットルから手を離すと顔につけた暗視ゴーグルをヘルメットの上へずらし、むしり取った。

目がくらむ。

何だ、この閃光は……!?

ラプターの機体は、機首を浅く下げた姿勢で暗黒の中を降下していた。

一〇マイル前方を降下していく、三機のＳｕ30を追尾していた。真っ白い光がすぐ頭上で閃き、何も見えなくなる瞬間までヘッドアップ・ディスプレーには緑色の四角い目標指示コンテナが三つ、浮かんでいた。

F22の機首に装備するIRSTが、レーダーに代わって赤外線の目で前方を走査し、三機のスホーイの空間上の位置を教えていた。実際、暗視ゴーグルをつけたまま緑のコンテナの中をよく見ると、小さな双尾翼の機影が浮いて見えていた。

数分もすれば、三機は海面近くまで高度を下げ、そのまま南シナ海の波濤の上を這ってファイアリー・クロス礁へ肉薄するはずだった。

「――く、くそっ」

目が、見えない……！

今の閃光は何だ。暗視ゴーグルには、急に強い光を当てられた時にゲインを下げる防眩機能がある――しかしそのプロテクションも効かぬとは！

少佐は、指揮官として模範を示す立場にある。空軍士官学校を首席に近い成績で卒業し、F22の飛行隊へ配属された時期も同年代で一番早い。将来は将官となってアメリカ空軍を率いることが期待されていた。

だから作戦に対して意見はするが、一度命令されればそれを守った。ブリーフィングで『任務飛行中は暗視ゴーグルを装着せよ』と指示されても、一般のパイロットには『視野が狭くなる』と嫌って、真面目に着けない者も多かったが、ネルソン少佐は『自分が命令を正しく守って見せなくてどうする』という気概で、指示の通りゴーグルを着けていた。

だから眼球がすっかり赤外線ノクトビジョンの明るさに慣れてしまい、凄じい閃光にたまらずゴーグルをかなぐり捨てると、ほとんど何も見えなくなってしまった。

くそっ、暗い――！

ただ前方を、真っ白い閃光の尾を曳く流星のような物が視野の奥へぶっ飛んで行く――

それがぼんやり見えただけだ。

流星は暗黒の奥へ吸い込まれ、次の瞬間、真っ赤な球状の爆発が膨れ上がった。

「――な」

『少佐っ』

ドシンッ、と衝撃波が空中を伝わって来るのと、二番機・クレーン大尉の叫びがヘルメットの中に響くのは同時だった。

『少佐、また――』

その声をかき消すように
カッ
カカッ
二つの白い閃光が少佐のコクピットのすぐ上、左右で暗黒を真っ白に染めた。ズンッ、と重い衝撃波が機体を叩く。

何だ、何が――

考える暇も無く、流星のような閃光が前方へ伸び、闇に吸い込まれる。

二つの火球が爆発的に花開く。

(――!!)

重量級のミサイルが、少佐の機のすぐ頭上でロケット・モーターに点火して空中を突進し、前方を行く三機の戦闘爆撃機に襲いかかってたちまち殲滅した――そう理解するまで数秒かかった。

(ど、どこから撃って……!? いや、いかん)

離脱しなくては。

反射的に、サイドスティックを右へ強く倒す。

ぐんっ

「――うっ」

操作した手の力を感じ取り、F22のフライバイワイヤ・システムが素早く反応した。瞬間的に、暗黒の視界が九〇度傾いた。横向きに叩きつけられるようなG――

「ク、クレーン、左」

左へ行け、と指示するつもりが、それしか声が出ない。

だが分かるだろう、自分と二番機の編隊のすぐ頭上に何かがいて、前方へ向けミサイルを放った――こちらの存在には気づかなかったのか、すぐ上方の重なる位置へ追いついて来て、前方のベトナム編隊を狙って攻撃した。

ミサイルを照準するレーダーは、一切照射されなかった。すぐ近くで火器管制レーダー波が発振されれば、F22の受動警戒システムが警報を発するはず――ならば今のは、電波に頼らない赤外線誘導ミサイル――それも一〇マイル以上の射程をもつ中距離ミサイルか

……!?

赤外線中距離ミサイル。

馬鹿な。

左手でスロットルを前方へ。アフターバーナーが自動的に点火し、急機動で失った速度を回復させる。機を引き続き右へ急旋回させ、その場を離脱しながら計器パネル左側の戦術情報画面を見る。

未確認のターゲットは、何も表示されていない。

何もいない……!?　目を疑う。映っているのは自分の機のシンボルを中心に、反対方向の左へ離脱していく〈CD2〉、そして頭上の遥か高い高度に多数の白い菱形。

そんな馬鹿な。

何も無い空間から、いきなりミサイルが出現しベトナム機を襲ったとでも言うのか。

「スカイネット」

少佐は指揮周波数に呼んだ。

「我々のすぐ上だ。何がいる⁉」

ＡＷＡＣＳは、何を見ていたんだ……⁉

だが

『わ、分かりません』

Ｅ３Ａの要撃管制官も慌てた声。

『何も映っていません。今のミサイルは、いきなり出現しましたっ』

ＡＷＡＣＳに探知されていない……？

管制官の言葉と同時に、黄色い菱形三つが前方の空域からフッと消えた。Ｅ３Ａのレーダーに捉えられなくなった――破片が四散して、この世から消滅したのだ（ＡＷＡＣＳの背負ったレーダーはアンテナの一回転に十秒かかるので、爆散した機影が画面から消えるのにやや時間の後れがある）。

三機のベトナム機の搭乗員たちは、おそらく、何にやられたのかも分からぬうち……。

（くそっ）

少佐は目をしばたたき、顎をそらして頭上（九〇度バンクで旋回しているから、たった今自分のいた空間は頭の上にある）を仰いだ。何も見えない。暗黒があるだけだ。

「くそ」

右手の操縦桿はそのままに、左手をスロットルから離し、たった今かなぐり捨てた暗視ゴーグルを手探りで探す。左脇のサイドパネルの上におちていたのが指先に触れる。

拾い上げ、右手をそっとサイドスティックから離して、両手で素早く顔に装着し直す。機は右急旋回の姿勢を保って飛び続ける。フライバイワイヤ・システムは、パイロットがある姿勢を取らせて、サイドスティック式操縦桿から手を離すと、次に操作をインプットされるまでその姿勢を保ち続ける（姿勢を変える時は、手の動きの速さと操舵力の強さを感じ取って機を運動させる）。

まさか、Ｊ20か……!?

その名称が、脳裏に閃く。

ネルソン少佐はゴーグルを着け直すと、驚くほどはっきり見えるようになった視野で、頭上の空間に機影を探した。ステルス機とて、肉眼から姿を隠すことは出来ない――

どこかに、中国のＪ20が来ているのか。

考えられるのは。中国が、新たに開発したステルス戦闘機Ｊ20を密かに出動させ、ベトナム編隊を追撃させたという可能性だ。しかし殲20とも表記する新鋭の中国製Ｊ20戦闘機は、F22そっくりの格好をしているが、ステルス性能はほとんどなくてAWACSのレーダーから姿を消すのは不可能と言われていた。

「クレーン、目視で探せ。J20だ」

だが、姿の見えない襲撃者がAWACSに探知されることなく、自分のすぐ近くにまで追いついて来ていたとするなら。中国が優れたステルス機を開発するのに成功した——そう考えるしか無い。

向こうにも、こちらの存在は分からなかった。こちらにも向こうの接近が分からなかった。何てことだ、これがステルス機同士の戦いか……!?

同空域　高高度
スホーイ27フランカー

「——クク」

男は、酸素マスクの中で微(かす)かに唇を歪(ゆが)めた。

笑ったのだ。

キャノピーに覆われたコクピットは、機体の外形を撫(な)でるように流れる空気の音——亜音速の風切り音。

男の前には、ヘッドアップ・ディスプレーを通した視界。姿勢や飛行パラメータ表示を緑色に浮き上がらせる透明なＨＵＤが、唯一の灯りだ。

ぼうっとした緑の照り返しに、その風貌が浮かぶ。男は鉤のような鼻梁の顔を黒い酸素マスクに隠し、目だけの存在だった。

その鋭い目が、コクピットの視界の遥か左下――暗黒の空間のどこかで爆光が三つ閃くと、微かに細められた。

「〈牙〉」

男を呼んだ声は、複座の後席からだ。インターフォンを通した女の声。

「いいのか。二つ目の編隊――残りの三機が逃げるぞ」

声は苛立たしげだ。

苛立つような女の声に、男の目はまた細められる。

なぜ、すぐに次の攻撃をしない……⁉

咎められても、むしろ男の目はそれを楽しむかのようだ。

前席の計器パネル左側には、円型の戦術情況スコープがある。レーダー画面のようだが、レーダーそのものの表示だけでなく、中国人民解放軍からのデータリンク情報（ただし現在は切られている）、パッシブ・センサーで捉えた敵性レーダーの警戒情報、そして機首に装備したＩＲＳＴの索敵情報を重ねて表示できる。

「――――」

男は、レーダーは作動させていない。中国沿岸部の秘密基地から、この機を離陸させて以来、通信連絡も含め一度も電波を発していない。

円型の戦術情況スコープに映っているのは、いくつかの散らばる赤い輝点だ。今回の特殊任務に合わせ、従来の機首上面に加えて機首下面にもＩＲＳＴの赤外線センサー・ボールを追加装備している。この高度から、遥かに見下ろす海面近くまでの下方空間を赤外線の目で索敵し、熱源の存在を洗い出す。

今、左前方で三つの赤い輝点が大きく反応してから、消えた。

男の放った赤外線誘導中距離ミサイルが照準の通りに標的を捉え、殲滅したのだ。ほぼ同時に、やや後方の位置にいた三つの赤い輝点が反応を強くし、移動速度を速めた。ベトナム軍の第二編隊が攻撃に気づき、アフターバーナーに点火して加速し逃げようとしている――

後席のコンソールにも、同じ戦術情況スコープがある。その様子が見えたからだろう、女の声は『早く攻撃しろ』と急かしたのだ。

だが

「――――」

男は、無言で情況スコープを眺め続ける。

するとふいに、スコープ上に赤い輝点が二つ、新たに出現した。位置は――

近い。

そんな近くにいたか……。

外からは窺えないが、酸素マスクの中でまた唇を歪めた。笑いの表情。

「クク」

「〈牙〉」

「いぶり出したぞ。アメリカ軍のF22だ」

「!?」

反応は、二つだけか。

位置は、この機の機首の左下――ごく近い。

二機が左右にブレークし、男がミサイルを『投下』したポイントから離脱する。驚いているのだ。

二つだけか……?

「玲蜂」

男は酸素マスクの内蔵インターフォンで後席を呼ぶ。

「スービック基地から、Ｆ22は四機飛び立ったはずだ。まだ二機、どこかにいる」

「そんなことはいい」

苛立つ女の声は促す。

「お前は獲物を逃がすつもりか!? 〈牙〉」

「逃がすつもりはない」

〈牙〉、と女に呼ばれた男は、円型スコープの中を少しずつ左上方——地図上の方位で南方——へ急速に離れる三つの輝点も目で追っている。

スコープの下には兵装コントロール画面がある。小さな横長の長方形。機体を後方から見たシルエットが表示されている。腹と左右の主翼の下、兵装を吊すハードポイントに、まだ三つの黄色い点が表示されている。それぞれが重量二五〇キログラムを超す赤外線誘導中距離ミサイル・Ｒ27Ｔアラモだ。

後席の女の操作で、それらはすでに、離れ去ろうとする三つの赤い輝点それぞれに向けロックされ、弾頭にＩＲＳＴからの誘導情報が入力され続けている。

「アフターバーナーを焚いているから見失うことはない、慌てるな」

この機——男が数年前から〈愛機〉として搭乗する鮫のような形状の戦闘機は、スホーイ27ＵＢと呼ばれる。双尾翼・双発。機動能力はアメリカ製のＦ15イーグルを凌ぐとさえ言われる。

設計は旧ソ連――ロシアのものだったが、この機体は中国国内でライセンス生産された中国製だ。電子装備はオリジナルのロシア製を載せていたが、後から機首下面に追加装備した二つ目の赤外線センサー・ボールは、中国製のコピー商品だった。ＩＲＳＴの技術をロシアが開示しないので、中国がブラックボックスをばらし、リヴァース・エンジニアリングと呼ばれる手法でコピーしたものだ。働くことは働いたが、今この瞬間まで、下方に滞空するアメリカのＦ22を探知出来なかった。やはり感度がやや劣るのか。

Ｆ22ラプターは、エンジン排気ノズルから出る赤外線を極力『隠す』工夫がされているという。おそらく巡航推力では、中国製ＩＲＳＴでは探知出来ない。男の放った第一波のミサイルに驚き、二機はその場を離脱したが、その際にアフターバーナーに点火したので初めて存在が『見えた』のだ。

アメリカ軍が、ベトナム軍の攻撃編隊を密かに護衛するだろうとは予測されていた。

男の所属する〈組織〉に対し、昨夜『沖縄の嘉手納基地を四機のＦ22が離陸して西方へ向かい、その後は戻っていない』との情報がもたらされた。一方、フィリピンのルソン島西海岸に位置するフィリピン軍スービック基地に、その四機が今朝方着陸したとの情報も入って来た（工作員が機体の登録ナンバーを目視で確認している）。そしてつい一時間前、その四機がまた西へ向けて離陸した――その情報も暗号無線で機上に届けられた。

アメリカ側の動きは、各基地のフェンスの外や、あるいは内側で監視し続けている中国情報部工作員からの報告で刻々と摑めている。ベトナム軍のダナン基地の動きは、基地の幹部の中にスパイがいたので、より正確に把握出来ていた。攻撃に出る戦闘機の機種と数（ファイアリー・クロス礁への距離を考えれば、機種はＳｕ30以外には考えられないが）、出撃時刻、各機が携行する空対地ミサイルの種類と数も分かった。

四時間前に、嘉手納基地をＥ３Ａ早期警戒管制機が離陸し西へ向かったことも報告されていた。

アメリカ軍の動きは、想定の通りだ。ただし相手がＦ22では、男には空中でその存在を探知するのが難しい。

「――フ」

男は、下方で急旋回する二つの熱反応の位置と動きを本能的に頭へインプットし、右手の人差し指を操縦桿のトリガーに掛けながら、待った。

戦術情況スコープには、ほかにパッシブ・センサーが検出する周囲からのレーダー波の情報が表示される。今、右斜め後方から強力なパルス・ドップラーレーダーの捜索波がこの空域全体を撫でて行くのが、橙色の扇形とデジタル数値の増加で表わされている。

「すべて見えているつもりか」男はつぶやいた。「だが絵が更新されるのに十秒もかかるのでは――遅い」

橙色の扇形が真上をさらって行ってしまい、電波の強さを表わす数値が急激に減少すると、男の指がトリガーを絞った。

カチ

同空域　空中

鮫のような機体——昼間ならばブルーグレーの塗色が蒼空に溶け込むはず——の左右の主翼と胴体下面から、三本の太いソーセージのような物体が同時に切り離された。

ヒュヒュッ

ヒュゥッ——

所属を表示するマークを何もつけていないスホーイ27の機体から、リリースされた三本の物体。それらは暗黒の中を水平姿勢を保って落下した。

空気を切り裂き落下していく——あらかじめ、リリースされてからロケットモーターに点火するまで十秒のタイムラグを置くよう設定されていた。

物体はミサイル——R27T、NATO名アラモ。この大型空対空ミサイルはレーダーを持っていない。自らは一切の電波を発振せず、代わりに磨かれた鏡のような弾頭に高性能の赤外線シーカーを内蔵している。ロシア製のシーカーは二〇マイル前方を飛ぶ航空機のエンジン排気熱を標的として捉え、ロックオン出来る（赤外線誘導ミサイルというものは本来は近距離格闘戦に使われ、射程は三マイル程度が普通である。Ｒ27Ｔは世界で唯一の中距離赤外線ミサイルだ）。

今、三本のＲ27Ｔは自由落下しながらも蝶の羽に似た四枚のフィンで水平姿勢を保ち、弾頭シーカーにはそれぞれの〈獲物〉の排気熱を捉え続けていた。

数千フィート落下したところで十秒をカウントし終わり、プログラム通りにそれぞれのミサイルはロケットモーターに点火した。さらに数百フィート沈み込んでから落下運動を脱し、前方へ飛翔した。

そこへ、目に見えないパルス・ドップラーレーダーの捜索波が再び辺りの空間をさらうようにやって来て、宙に浮くすべての物を撫でて行った。遥か後方で空域を監視する早期警戒管制機のレーダー画面には、何も無い宙の一点に突如ミサイルが出現したかのように映っただろう。

シュバッ

シュババッ

三本のミサイルは音速の四倍まで加速すると、それぞれの標的を追いかけた。三つの熱源はアフターバーナーに点火していたため、さらに赤外線の放射を強めており、追尾は容易だった。

闇をかき分け突進するミサイルは、弾頭からレーダー電波を全く出さないので、標的の戦闘機の受動警戒装置に探知される可能性も無かった。音速の三倍近い相対速度で追いつくと、三本のR27Tは海面近くまで降下していた三機のSu30の尾部ノズル目がけて突っ込み、吸い込まれるように次々命中した。

爆発。

同空域
F22コンドル編隊　一番機

「な——何だっ!?」

ネルソン少佐は、またも何も無い闇の宙からミサイルが出現し、三本の白い火焔の尾を曳いて飛翔して行ったので、目を剝いた。

中国のJ20がいて、中距離ミサイルを放ったのか……!?

しかし暗視ゴーグルをつけた目を皿のようにして見回しても、ミサイルが出現した辺りにそれらしい機影は無い。

「スカイネット!?」

『申し訳ありません少佐、今度も突然──うゎ』

E3Aの機上要撃管制官が声を上げた。

同時に前方の闇の奥で、真っ赤な火球がパッ、パパッと花開いた。三つ──

「く」

『少佐っ』

二番機のクレーン大尉の声。

『J20は見つからない、どこにいるんです⁉』

『そんなものいない』

低いアルトの声が、遮るように割り込む。

『ミサイル三発、たった今高々度から落下して行った。レーダーで見えた。〈敵〉は旅客機に化けて航空路にいる。これからエンゲージする』

「──な」

何だと。

『コ、コンドル・スリー、エリス中尉、君が接近しているのは民間機だ』

要撃管制官の声が響く。

混乱した調子だ。

『引き返せ、民間機に危害を加えるな』

『だから言ってるだろうっ』

4

南シナ海　ファイアリー・クロス礁北方一五〇マイル
F22コンドル編隊　三番機

高度三〇〇〇〇フィート。

「だから言っている、〈敵〉は民間旅客機に化けているっ」

ガブリエル・エリスは酸素マスクの内蔵マイクに言い返しながら、右手の手首を返し、機首を上に向けた。左手でスロットルを前へ。上昇。

「わたしの前方にいる、四機のどれか」

あるいは全部か――

ぐっ、と身体をシートに押しつけるG。星空が下向きに流れ、F22は上昇する。スロットルを少し出してやるだけで速度はキープ出来る。

旅客機の巡航速度は……!?　どのくらいだ。マッハ〇・八か。それ以上か――？

追いつかなくては。さらにスロットルを出す。

従来の戦闘機のように、アフターバーナーを点火するところにノッチはついていない。

必要な時に自動的に点火する。

ドンッ
バーナーに点火。上昇姿勢のまま加速。ヘッドアップ・ディスプレーで速度スケールがするする増加し、マッハ数表示のカウンターが上がる。〇・八五から〇・九〇、〇・九五
——何のショックも無く一・〇〇を超す。一・〇五、一・一〇。

頭上、七〇〇〇フィートほど上——三七〇〇〇フィートを巡航する機影がある。それが一番近い。星空を背景に飛んでいる。みるみる近づく。

『中尉』

ヘルメット・イヤフォンに声。

『そ、それは』

同空域
F22コンドル編隊　四番機

「それは民間旅客機です、中尉っ」

ガブリエル・エリスの三番機を追いかけつつ、ポール・フレールは無線に叫んだ。

フレール少尉は、自分の機のレーダーは働かせていなかった。情況表示画面で前後にぐしゃっ、と重なって映る四つの白い菱形のどれかから、三つの小物体が落下して行く瞬間は見ていない。

ミサイルを投下した、という言葉の意味も分からなかった。

「大型機だ、戦闘機じゃありません！」

自分もスロットルを出してアフターバーナーに点火、加速しながらエリス中尉機のすぐ左後方を、とにかく雁行隊形でついて行く。

自分のリーダーは、何を言い出すのか……!?

暗視ゴーグルの視野に何かが見えて来る。機影だ。エリス機の後ろ姿のさらに向こう、シルエットがはっきりして来る――後ろ下方から接近している。翼幅が大きい。左翼端に赤、右翼端に緑の航行灯を点けている。エンジンが四ついているのも見えて来る。

大型旅客機――四発のエアバスだ。

（Ａ３４０か……！）

同空域　高度一〇〇〇〇フィート
F22コンドル編隊　一番機

(——何をやっている……!?)

アルトの声が無線で叫んだのを耳にし、ネルソン少佐は真上を振り仰いだ。

民間旅客機に化けた……!?

今、確かにそう言ったか。

頭上の星空——およそ三〇〇〇〇フィート、あるいはそれ以上の高々度を、航行灯をつけた機影が横切っていく。二つ、三つ、四つか……?

しかし
目を凝らす。

「……大型機だぞ、四つとも」

少佐はつぶやく。

約二〇〇〇〇フィートの高度差は、直線距離にして三マイル余りだ。暗視ゴーグルをつけて見れば、闇夜でも頭上を行くシルエットは識別出来る。四つとも、左右の翼端に赤と緑の航行灯を点けているから見逃しようも無い。暗いので主翼下面の標識までは読み取れない、外形のシルエットだけだが、四つとも大型機であるのは分かる。

「おい、エリス中尉――」

言い掛けた時
『コンドル・リーダー、スカイネットです。ベトナム機が一機だけ健在。急降下しファイアリー・クロスへ向かいます。ガードして下さい』

「何」

『今の攻撃で至近弾を受け、損傷している模様。速度が出ていません、ガードを』

「分かったっ」

高度三七〇〇〇フィート
F22コンドル編隊　三番機

「くっ、違う」

ガブリエル・エリスは唇を嚙む。

後ろ下方から追いついて行くと、赤と緑の航行灯を点けた翼幅の大きなシルエットが、ヘッドアップ・ディスプレーからはみ出す。

四発の大型旅客機だ。流麗なシルエットはエアバスのA３４０か。

これじゃない、次……！

ガブリエル・エリスは操縦桿を手首のスナップで左へ倒し、同時にラダーを右へわずかに踏んで、大型のシルエットの手前で機をロールさせる。

くるっ

星空が回転する。後ろ下方から見た大型機のシルエットが、機首の下に隠れたところでロールを止め、そのまま操縦桿を引き、背面のまま機首を下方へ。次の目標――白い菱形は二マイル前方、高度三五〇〇フィートを巡航している。

逆さまの視野に、ヘッドアップ・ディスプレーの姿勢シンボルに重なって、機体上面のシルエットが見えて来る。

（――こいつも旅客機か……？）

F22コンドル編隊　四番機

「うわ」

右前方すぐの位置で、エリス中尉の三番機がいきなりクルッ、と背面になり、機首の下へ見えなくなったのでフレール少尉は目を見開いた。

その向こう、大型四発機の下方から見た後ろ姿が、前面風防に急激に大きくなる。

やばい。

反射的に、自分も操縦桿を左、右ラダーを踏み込んで（F22のラダー・ペダルは操縦桿と同様に単なる入力装置なので、踏みしろは数センチしかない）、機体を背面にひっくり返すと同時に操縦桿を引き、機首を下方へ向けた。

「くっ」

脚の下を、何かがすり抜ける――そう感じた瞬間
ぶわっ
急に渦に巻き込まれたように、機体が軸廻りにひっくり返された。目の前で星空が一回転する。

「う、うわっ」

くそっ……！　後方乱気流だ、大型機の翼端から後方へ伸びている螺旋状の渦だ。

操縦桿でロールを止める前に、見えない渦からは脱し、機体はもとの背面に戻る。エリス機よりも数秒、背面にしてかわすのが遅れたせいだ。かなり近かったぞ、今の――

「中尉っ」

そこへ
『コンドル・スリー、フォー、レーダーを入れろ』

ネルソン少佐の声。

『いいか。友軍が一機、生き残っている。彼はブルズアイへ向かっている。私とクレーンでガードする。お前たちは後方からレーダーで索敵、そこらじゅうに電波を振り撒け』

「――――」

背面姿勢で機を下降させながら、猫のような目の女子パイロットはヘッドアップ・ディスプレーの中で大きくなる大型機の上面形を睨んだ。

こいつも旅客機だ……双発。A320か――

ぐんぐん目の前に大きくなる。このままではぶつかる――と思う直前、操縦桿を左へ一回、瞬間的に叩くように倒す。F22の機体は機敏に反応し、クッと星空が左へ九〇度回転する。そのまま双発旅客機の左翼端を、キャノピーの頭上すれすれに見上げながら追い越しつつ降下した。ガガッ、と一瞬だけ突き飛ばされるように揺れる。A320が左翼端から曳いている渦をかすめたのだ。

さらに降下。

次の白い菱形は、一マイル半ほど前。高度は三一〇〇〇フィート、今のA320の向こう側に隠れていたが、機影が見えて来る。

『エリス中尉、聞いていたか』

「レーダーはONにしてます」

うるさいな、と思いながら答える。無線は聞いていた。情況は把握している。たった今、レーダーに映った三本のミサイルのうち、一本が標的を直撃せず逃した。ベトナム空軍のSu30のうち一機が、引き続きファイアリー・クロス礁へ突入して行くのだ。

さっき、第一編隊の三機がやられた瞬間。第二編隊はしかし隊形を崩さず、攻撃目標へ直進を続けた。彼らは自分たちの生命より任務遂行を優先させる、ベトナム空軍の中でも精鋭中の精鋭だ。

それはいい。残った一機の突入をサポートするため、ネルソン少佐のペアが援護につくという。どこかに姿の見えぬ中国のJ20は居るのかもしれない――そのために少佐は自分とフレール少尉に後方からレーダーで索敵を命じた。この位置から、自分たち二機がレーダーで空域を掃けば、中国のJ20にはF22二機の存在を知らせることになる。

そうすれば――J20が本当に何機かいるとしてだが――後方から追って来る二機のF22に対して、対抗措置を執らざるを得なくなる。それだけ、ベトナム機を追いかける敵の数を減らせる。

それはいいとして。

（上下の角度が、きつい――）

ガブリエル・エリスはマスクの中で舌打ちし、操縦桿を右へ取り、また背面にする。

操縦桿を引き、機首をさらに下へ向ける。ざぁあっ、と風切り音。ヘッドアップ・ディスプレーに後ろ上方から見た大型機のシルエットが、逆さまに大きくなって来る。

こいつも大型だ、ボーイング767だ……。

「くそ、次」

双発の大型機の左横を、機体をまた縦に傾けて通過。目を上げて瞬間的に確認すると、上も下も何の特徴も無いソーセージ型胴体の双発旅客機だ。

機体をまた背面。今の767の陰に隠れて見えなかった、四つめの目標に向かう。二マイル前方、高度二九〇〇〇フィート。

だが

(……次のも、旅客機?)

ガブリエル・エリスは眉をひそめる。

同空域
スホーイ27

「〈牙〉、一つ撃ち漏らしたぞ」

後席から女の声が、叱咤するように言う。

「どうするつもりだ」

「――――」

フン、と男は酸素マスクの中で息をつく。

赤外線誘導中距離ミサイル――か。

確かに、撃ったことを相手に悟られない隠密性の高い兵器だ。しかしそれほど実効性の高い兵器なら、西側でも研究され開発されたはず。

携行して来た六本のR27Tアラモは、レーダーの開発で後れを取っていた旧ソ連が苦肉の策として造り出したものと言えなくもない。おそらく、三本同時にリリースしたが、その中の一本がロケット・モーターの点火にてこずって、わずかに遅れた。その一本も標的を狙って飛翔したが、先に着弾した二本の爆発の熱で目くらましされ、一瞬、標的を見失った――レーダーを持っていないから、周囲が爆発の熱ばかりになれば標的を見失う。近接信管が作動して爆発はしたが、致命傷を与えられなかった。そんなところか。

だが

「クク」

男は笑った。

「何がおかしい」

「心配するな、獲物は仕留める」

「ミサイルはもう無い」

「機関砲がある」

「何」

「玲蜂」

男は、リラックスした姿勢で右手に操縦桿を握り、計器パネルと外界とを一つの視野で眺めていた。頭上に星空は無い。代わりに黒い天井のようなものがキャノピーのすぐ上を覆っている。そして視界の左右、それぞれ三〇メートルばかり離れたところに、ぼうっと光る赤と緑の灯火。

「見ろ」

ピッ

情況表示スコープの下側に、先ほどから紅い輝点が一つ表示されていた。そのやや後方の位置に、もう一つ輝点が現れる。反応は急速に強くなる。何者か——未確認の戦闘機の索敵レーダーのパルス波が、二つの輝点の方角から照射されて来る。

ロックオンは、まだされていない。照射されて来るパルス波がロックオンしているのは、おそらく男が隠れみのに使っている『上の機体』だ。

「お前は、この隠れ場所に潜んだまま〈仕事〉を終えられるとでも思っていたか？」

「何」

「中距離赤外線ミサイルだけで片がつくとは、初めから考えていない。アメリカ軍にも活きのいいのがいる。どのみちこの〈隠れ場所〉ははばれる」

ク、と男はまた笑った。

本能的な笑みだ。

「楽しくなって来た。獲物を、狩りに行くぞ」

男の右手が操縦桿を左へ倒すのと、情況表示スコープで真後ろの方向に赤い輝点が明滅するのは同時だった。

ピピッ

（大きい、こいつはA380か……！）

二九〇〇〇フィートを巡航するのは巨大な機影だった。

背面姿勢の視野に、たちまち大きくなる。

四つのエンジンから、後方へ排気を曳いているのが闇夜でも分かる。水族館のジンベイザメを想わせる総二階のずんぐりした胴体。二列に重なる無数の窓から灯が漏れている。空の豪華客船――そう呼ばれるのも分かる。さらに近づくと、垂直尾翼の照明灯が尾翼に描かれたロゴを浮かび上がらせる。紅い矢のようなマークとともに文字が読み取れる。

〈SOUTH　WEST　CHINA〉

「――！」

ハッ、とした。

この大きさなら――

ガブリエル・エリスの猫のような目が見開かれる。

まさか。

直感すると同時に、エリス中尉は背面の姿勢から操縦桿を引いて、さらにぐいと機首を下方へ向け、降下角度を深くした。

翼端の後ろは、駄目だ――超大型機だ。後方乱気流は強いはずだ……。

ざぁああっ
背面から、さらに機首を下方へ向けたので、超大型エアバス機の後ろ姿は機首の下側へ隠れてしまう。ガブリエル・エリスはタイミングを測り、垂直尾翼の真後ろを通り抜ける瞬間、操縦桿を鋭く右へ叩くように取って、同時に左ラダーを踏み込んだ。

グルッ
視界が一八〇度ひっくり返る。操縦桿を引き、機首を起こす。風防の目の前に、機首の下から超大型旅客機の後ろ姿――主翼と胴体下面の様子がヘッドアップ・ディスプレーからはみ出すくらいの近さに現れるのと、巨人機の真下にコバンザメのように張り付いていた何かの流線型のシルエットが左へ横転し、急降下に入るのは同時だった。

「――いたっ！」

エリス中尉は思わず声を上げていた。

何だ、こいつは……!?

(逃げるか!?)

シルエットはクルッ、と左へロールし下方へ逃げて行く——巨大エアバス機の左翼端の赤い航行灯に照らされ、その流線型が一瞬ぬめっ、と光ったように見えた。

こいつ。

一瞬見ただけで十分だ。シルエットで分かる。スホーイ27か、そのシリーズだ。基本的にスホーイ27から30までは外形はほとんど変わらない。旧ソ連の研究機関が、空気力学を研究し尽くして造り出したフォルム——F15を上回る機動性能を発揮するという（しかし時代が古いのでステルス性はほとんど考慮されていない）。

MRMモードで働かせているAN／APG77レーダーは、新たな標的をほぼ真正面に捉え、新しい紅い菱形を一つ、戦術情報画面に出現させた。ガブリエル・エリスの左の親指は訓練された素早さで兵装選択スイッチをダブルクリックし、火器管制システムに新たな標的をロックオンさせる。

ピッ

緑色の目標指示コンテナが、ヘッドアップ・ディスプレーの上で流線型のシルエットを囲むが、すぐツツツッ、と視界の左下へ外れて消えてしまう。

「——逃げるなっ」

F22コンドル編隊　四番機

「うわわっ」

ポール・フレールはリーダーのエリス中尉機に続いて機体を背面にし降下したが、リーダー機の意図が理解出来ないので挙動を予測し切れない。だからエリス機に続いて機首を下げるのが一瞬、遅れてしまった。「あっ」と思う暇も無い、巨大エアバス機の左翼端の真後ろを避け切れず、また後方乱気流の渦へ突っ込んだ。

「し、しまっ――」

ぶわわっ
まるで、洗濯機に放り込まれた紙飛行機のようにF22は凄じい気流の渦に捕まって翻弄され、目茶苦茶に回転した。

星空が――

「――ど、どうなって」うぐっ、と苦痛に顔をしかめる。マスクの中で舌を噛んだ。

ラプターは、縦軸廻りと横軸廻りそれぞれに複雑に回転させられ、横向きに伸びる後方乱気流の渦を真下へ突き抜けた。

もみくちゃにされたのは、一秒か一秒半の間だったが、ポール・フレールは『このまま俺は死ぬのか……⁉』と一瞬変な考えが頭をよぎった。

機体は渦を突き抜けても、落下しながら発散運動を続けた。風防の外を星空と、真っ黒い海原が交互に振り子のように現れてはグルグル廻った。わけが、わからない――！

ビュォオオッ

わけが分からなくなったら――

「そ」

そうだっ……。

わけが分からなくなったら、操縦桿を放せ。

誰かの言葉。

そうだ。

機種転換訓練を担当してくれた教官の言葉。それが脳裏に蘇(よみがえ)った。

「いいか。F22は、完全にフライバイワイヤでコントロールされ、ディパーチャーすることはあり得ない。しかし万一、何らかの原因でディパーチャーに陥ったら、君がすることはただ一つだ。手を放せ」

手を、放せ。

（……！）

ハッ、と気づくと。右手は無意識に、必死に操縦桿を握っている。腕の神経が反射的にロールを止めようとしたのか、左へフルに切ってそのままぶるぶる震えていた。

やばい……！

指の力が、抜けない。左手をスロットルから放し、右手の指を一本ずつ摑んで、操縦桿から引き離した。

「取れたっ」


ブゥン、ブゥウンッ、と唸りをあげてフラット・スピンに入り掛けていたラプターは、尾部を右方向へ滑らせながら振り子運動の頂点で止まり、そのまま水平姿勢に戻った。

斜め横向きに流れていた星空が、止まる。

嘘のように、発散運動が止んだ。

「――はぁっ、はぁっ」

ポール・フレールは両手をグレアシールドに突いて、前かがみになり激しく呼吸した。

背中にはドロドロというエンジン音。双発のP&W・F119は、こんなにもみくちゃにされても平然と回っていた。

目を上げると、水平飛行だ。ヘッドアップ・ディスプレーの表示は水平姿勢、高度二〇〇〇〇、マッハ〇・六。

『フレール少尉っ』

ヘルメット・イヤフォンに叱りつける声。

『何をしている、わたしのバックアップにつけ』

「――え」

一拍遅れて、間の抜けた声しか出ない。

「どういう」

『〈敵〉がいた。奴はエアバスの腹の下に張り付いていた。残ったベトナム機が危ない、これから奴を墜とす』

「え――」

言葉を、呑み込んだ。

今の――巨大エアバスの腹の下に……？

5

南シナ海　ファイアリー・クロス礁北方一三〇マイル
F22コンドル編隊　三番機

「こいつ一機だけでは――」ないかも知れない。

ガブリエル・エリスは眉をひそめる。たった今、左ブレークで急降下し視界から消えたシルエット――目に焼きつけた流線型を追い、猫のような目の女子パイロットは操縦桿を左前方へ強く倒すと同時に左ラダーを踏み込む。

ぐうっ
身体が浮く。

「くっ」

星空が右方向へ鋭く流れ、同時に左へ大きく傾き、さらに機首が勢いよく下がると視界のすべてが上向きに流れ、たちまち星空はなくなって目の前は真っ黒い闇だけになる。

急降下。

「いいか」エリス中尉は僚機へ指示する。「後方を警戒する余裕が無い。フレール少尉、わたしの後ろについてバックアップしろっ」
ヘルメットの中で髪が逆立つのを感じながら、斜め下向きに思い切り機首を下げた。
同時に左手で、スロットルを全開。
ドンッ
背中でアフターバーナーが点火。
真っ暗闇の中、黒いラプターは斜め下向きに機首を下げ、同時に蒼白い火焔をノズルから噴出して加速急降下した。
ドグォオオッ
ずざぁああっ、と凄じい風切り音が風防を包む。ヘッドアップ・ディスプレーでは読み取れないくらいの勢いで高度スケールが減り、マッハ数のカウンターが増加する。マッハ一・三〇、一・三九、一・四八──その向こうで真っ黒い大海原を背景に、再びＡＰＧ77が標的を捉え直し、ついさっきの飛行物体と同一のものと判定して、自動的に再ロックオンする。緑の目標指示コンテナが浮かぶ。
ピッ
この四角の中に、奴が──

「――――」

エリス中尉は目を凝らす。

奴は急降下しながら加速している。

あれは確かにスホーイ27だった。いや、中国の殲11か……？　どっちでもいい、やはり中国が刺客を送って来ていた。忍者のように巨大旅客機の腹の下に隠れ――おそらく中国本土を出る時から、定期便の腹の下に張り付いて飛んで来たのだ。ベトナム編隊の出撃時刻も目標到達予想時刻も、すべて情報が漏れていて、奴はそれに合わせて適当な定期便を選んで隠れたのだ。

一機だけなのか……？　他には見つからなかった。ベトナム編隊を攻撃出来る位置にいた四機の旅客機、それらの腹の下に張り付いて隠れていたのは奴――あのスホーイ27一機だけだった。中距離ミサイルを六本抱え、たった一機でベトナム編隊を殲滅しに……？

（人民解放軍なのか。いや）

いや。

眉をひそめる。

ひょっとして、凄腕の傭兵ではないのか。

その考えが、ちらと頭をかすめる。

昔、南半球で起きたフォークランド紛争で、たった一機でエグゾセ対艦ミサイルを抱え英国海軍駆逐艦シェフィールドを葬ったシュペル・エタンダールがいた。そのパイロットは実はアルゼンチン軍の所属ではなく、雇われた凄腕の傭兵だったらしい――

世界には、そういう存在がいるらしい。

僚機を連れず（自分が見落としていないとしてだが）、単機で旅客機の腹の下に隠れ、忍び寄って中距離赤外線ミサイルで攻撃する。しかもミサイルを『投下』して、時間差でロケットに点火するよう設定していたのは、おそらく空域を監視するＥ３Ａのロートドームが一回転に十秒かかることを知っていて、自分の存在がばれないようにした――

これは軍の作戦というより、テロリストか暗殺者のやり口だ。

『エリス中尉、後ろから追います』

ヘルメット・イヤフォンに声。フレール少尉だ。呼吸音が混じる。

『すみません五マイル離されました。超音速』

「その位置でいい、後方を警戒しろ」

ガブリエル・エリスは短く命じた。

マッハ一・五五、一・六〇――凄じい風切り音とともに加速するコクピットのヘッドアップ・ディスプレーで、緑色の小さな四角形がツツツ、と右上へ動く。

「くっ」

反射的に操縦桿を斜め右上、その四角形を、自分の正面へ戻すように機をコントロールする。

ぐっ、と下向きGがかかる。

奴は急降下から水平へ引き起こしているのか……？　高度は。速度はどのくらいだ？

ロックオンした標的の速度、運動Gなどは戦術情報画面を見れば表示されているはずだが、そちらへ目をやる一瞬が惜しい。緑の四角形から目が離せない。

奴は敵だ。

逃すわけにいかない。

しかし――

こんなに、集中したくなるものなのか。

「フレール少尉、後ろを見ていろ。わたしは」

振り向く余裕が無い、と口にしかける。

（くそっ）

射撃せむとするならば、まず後方を見よ。

ふいに、古い言葉が脳裏に浮かぶ。

日本語だ。

（――――）

再び思い出す。

十八歳の頃。

大学へ入る前、コネチカットの実家の屋根裏で見つけた古い一枚の写真。

その木製の写真立てとともに、木箱に収められていたのは、茶色くなった一冊のノートだった。開くと、横書きではあるが、まったく読めない文字。

「この人は誰？」

「その人は、お前のひいお祖父ちゃんだ。ガブリエル」

父の声が蘇る。

「正確には、お母さんのお祖父ちゃんだ。日本人だということは知っていただろう？」

「初めてだわ。写真を見るの」

「若い頃の写真らしい。それ一枚だけ残っている」

「後ろの飛行機は、何？」

「それはゼロというのだ」

「ゼロ？」

「第二次大戦中の日本の戦闘機だ。空中格闘戦では、当時世界一強かったらしい」

「世界一……？」

白黒の写真は、古い時代の飛行服。浅黒い、豹を想わせる精悍(せいかん)なマスク。

この人が、わたしに血をくれた先祖なのか……。

「英国軍もオランダ軍も、ゼロにはまったくかなわなかった。彼らが四世紀にわたって支配したアジアの植民地を、ゼロは解放してしまった。お前のひいお祖父ちゃんは、そういう働きをした人だ」

「…………」

日本語を習おう、と思った。

この人がノートに何を書いたのか。この文字を、読んでみたい。

曾祖父は、自分の飛行の内容を振り返って、ノートに記録する習慣を持つ人だったらしい。文字と共に描かれた三次元の機動図——飛行機を表わすらしい二つの三角形が宙で絡み合う。ここに書かれた注意書きのようなものは何だろう……？

『コンドル・スリー、コンドル・スリー、何を追っている』

別の慌てたような声が、イヤフォンに響いて思考を中断させる。

『いま画面に突然、出現した。君の追っているターゲットは何だ!?』

今頃……。

E3Aの要撃管制官だ。十秒で一回転するロートドームのレーダーが空域を掃き、ようやく奴の存在を捉えたのか。

「スホーイ27。おそらく」

四角い緑の目標指示コンテナから目を離さず、ガブリエル・エリスは応える。

緑の四角形は踊るように右上へ行ったと思うと、左へ切り返す。操縦桿で追う。

くそ、逃すか……！

「こいつの所属と正体は不明、でも中距離ミサイルを撃ったのはこいつだ。残存ベトナム機を襲う可能性あり」

『な、何』

要撃管制官はただ驚いた。

同空域　低空

F22コンドル編隊　一番機

「――何!?」

ネルソン少佐は無線の声に、背後頭上を振り仰いだ。

何も見えない。

ピッ

アラーム音がして、計器パネルへ向き直ると、戦術情報画面に新しい紅い菱形が一つ、ふいに現れた。

（……何だ、これは⁉）

今まで、どこにいた……⁉　紅い菱形は〈未確認の敵性飛行物体〉、または〈敵機〉を意味する。画面中央の自機シンボルの一〇マイルほど後方の位置に、浮き出るように出現している。たった今E3Aがデータリンクで送って来たのだ。

一方、自機シンボルの一五マイル前方には、先ほどから黄色い菱形が一つ。生き残って進撃するベトナム機だ。

「くそ」

振り返ってまた見回すが、暗視ゴーグルの視野には何も見えない。闇夜だ。ゴーグルがあっても、空中の機影を視認出来る距離は五マイルがいいところだ。

くそっ。

「スカイネット、こいつは何だ」

『い、いきなり現れました少佐。レーダーを使っていない、機種が判定出来ません』

E3Aの要撃管制官は、突如出現した飛行物体は自らはレーダー波を発振していないので、パルスを分析してデータバンクと照らし合わせることが出来ない、と言う。

戦術情報画面にも、レーダー警戒情報は出ていない。紅い菱形はレーダー波を出さずに後方から近づいて来る。測定された速度はマッハ一・〇。

少佐自身も、機上索敵レーダーはまだ働かせていない。自分と二番機コンドル・ツーはあくまで姿を隠し、突入して行く黄色い菱形——ベトナム機を隠密裏にガードするつもりだ。

自機のレーダーを使っていないので、画面上のベトナム機の位置も、遥か後方のE3Aがレーダーで捉え、データリンクで送って来たものだ。それとは別に、機首のIRSTが前方のベトナム機の排気熱を捉えていて、正確な距離は測れないがヘッドアップ・ディスプレー上に緑の四角形を浮かばせている。

ベトナム機は速度がおちている。情報画面に表示される推定速度はマッハ〇・七も出ていない。アフターバーナーも切れているようだ——おそらく至近距離でミサイルが爆発し、損傷を受けたか、あるいは片側のエンジンが止まったのかも知れない。よたよたと飛んでいる印象だ。

『コンドル・ワン、アムラームを使います。許可を』

ピピッ

さらに戦術情報画面の下側から緑の菱形〈CD3〉と〈CD4〉が、紅い菱形を追いかけて接近して来る。速度は速い。マッハ一・八。

「スリー、この標的は何だ」

『スホーイ27、所属は不明』

エリス中尉の声は繰り返す。

『ロックしています。リクエスト・エンゲージ』

女子パイロットの声は、繰り返しミサイルの使用許可を求めた。

中距離ミサイルＡＩＭ１２０を、この紅い奴にロックオンしている……？

「――ちょ」

F22コンドル編隊　三番機

『ちょっと待て』

イヤフォンに響くネルソン少佐の声は、訊き返して来た。

『こっちの画面にも出て来た。こいつは何だ中尉』

「所属不明のスホーイ27。旅客機の腹の下からミサイルを投下したのはこいつですっ」

ガブリエル・エリスはヘッドアップ・ディスプレーの中で踊る緑の目標指示コンテナを睨みながら応えた。

レーダーでロックオンしている。兵装選択はＭＲＭ（中距離ミサイル）だ。胴体下部のウェポン・ベイに収納したAIM120──通称アムラームと呼ばれるミサイルは先端部にレーダーを持ち、標的にロックオンして発射すれば、あとは自らのレーダーで敵機を追い掛けて命中する。

ヘッドアップ・ディスプレー右下に『IN　RNG』の黄色い文字が現れ、同時にその横に『SPD』の黄色い文字が出て明滅する。射程に入っているが、スピードが多いと知らせている。

「こいつをやらないと──くっ」

手探りで、左手を兵装コントロール・パネルへ伸ばし、指先でガードのかかったスイッチを一つ、押し上げる。〈OVRD〉と表示されている赤いスイッチは、超音速の状態で胴体下ウェポン・ベイを開閉させることを可能にするオーバーライド機能のスイッチだ。通常は、この速度ではウェポン・ベイはプロテクション回路が働いて開かない。F22のマニュアルは、マッハ一・〇以上の速度でウェポン・ベイを開いて兵装を射出することを禁じている。兵装扉を破損してしまう危険性があるためだが、今はそんなことに配慮してはいられない。

カチリ、とスイッチを押し上げると『SPD』の文字が消え、『IN　RNG』の表示が緑に変わる。マスター・アームスイッチはすでにONにしてあるから、これでいつでも発射出来る。しかし交戦規定では、国籍不明機を撃墜するには編隊長の判断が必要だ。

しかし

『ミサイルを、投下……？』

ネルソン少佐の声は、訝った。

スホーイ27

「〈牙〉。後方から来るぞっ」

女の声が、また後席から叱咤する。

興奮しているな……。

（…………）

男は、ふと思い出す。

こうして、この女――玲蜂という名は本名なのか、コードネームなのか分からない――を後席に乗せ、〈仕事〉に出るのは何年ぶりか……。鋭い黒目がちの面差しと、機体を降りれば少年のような細い体型。出会ってからというもの、つかず離れず自分の傍にいる。

『役目』とはいえ、よく飽きない――

「ロックオンされているぞ、〈牙〉！」

「――分かっている、心配するな」

男はリラックスした姿勢で、ヘッドアップ・ディスプレーの姿勢表示と情況表示スコープを同じ視野に収めていた。六時後方に、明滅する赤い輝点。索敵レーダーの電波が来ている。パルスを連続的にこちらの機体へ浴びせ、ロックオン——ミサイルの照準を合わせた状態だ。

一方、男の左手は双発エンジンをコントロールするスロットル・レバーに置かれていたが、まだレバーは中間位置だ。巨大旅客機の腹の下から離脱した後も、急降下と通常最大推力の併用だけで加速し、アフターバーナーには点火していない。いかに空力性能に優れたスホーイ27でも、アフターバーナー推力なしには超音速を維持出来ない。さっき水平に引き起こしたから、HUDの速度スケールはマッハ一・〇から〇・九九と減って来る。

「——」

情況表示スコープの前方には、赤い輝点がもう一つ。IRSTが捉えた〈獲物〉——ベトナム攻撃編隊の生き残りの一機だ。今度は機首上面のセンサー・ボールが働いている。ロシア製の純正品だから感度はいい。距離はおおむね二〇マイル強——次第に反応が強くなるので、近づいている。

一方で、さっき姿を現わしたアメリカ軍のF22二機は、再びスコープから消えている。アフターバーナーを切ったのだ。

(だが)

多分、俺の少し前にいる……。

ベトナム機を背後からガードするように二機。そして後方からレーダーを使ってこちらを捉えている二機が、バックアップに当たるもう二機のＦ22か。

これで四機。

敵の布陣は摑めた。

「〈牙〉っ」女の声が叱咤する。「今すぐ全速を出してベトナム機を討て。このままではやる前にやられる」

「待て」

Ｆ22コンドル編隊　一番機

「こいつが、高々度からミサイルを『投下』したと言うのか⁉」

ネルソン少佐は戦術情報画面の上、自分の真後ろ八マイルに迫って来る紅い菱形を睨みながら訊いた。

「いったいどこに隠れていたんだ」

『だから、旅客機の腹の下ですっ』

エリス中尉の声。

緑の〈CD3〉、そしてバックアップの位置で追従する〈CD4〉は紅い菱形の背後へ追いついていく。〈CD3〉の横には『FOX1　LOCK』の表示。

旅客機の、腹の下……？

信じられない。本当なのか。

「見たのか、中尉」

『レーダーで確認しました。投下する瞬間を捉えた』

「いや、目視で確認したのかと訊いている。こいつの所属もだ。どこの機体だ!?」

紅い菱形は、まっすぐに追いついて来る。

おそらく、私がここにいることには気づいていないのだ。スホーイ27というのが本当ならば――今はこちらはアフターバーナーも焚いていない、F22を探知するのは困難だ。

F22同士はデータリンクで結ばれている。今、画面の紅い菱形は、E3Aの索敵データから三番機のAPG77レーダーが捉えたデータに自動的に切り替わり、リアルタイムで動きが細かく表示されている。速度がじりじりと減っている様子も分かる。

遥か後方にいる早期警戒管制機E3Aは、半径二〇〇マイルの空域を千里眼のように見渡すが、ロートドームが一回転するのに十秒かかるせいで、急激に運動方向が変わる標的の動きを追うには不向きだ。

（……ベトナム機が五機、中距離ミサイルでやられたのは事実だ）

しかも、自分が存在を疑ったＪ20らしき機影は、ミサイルの発射された辺りをいくら探しても、暗視ゴーグルの視界に見つけることは出来なかった。

『国籍は不明。確認出来ていません』

「……う」

ならば。

発射したのは、こいつなのか……!?

だが三番機のエリス中尉も、ミサイルを『投下』した瞬間は目視で確認してはいないと言う。スホーイ27だとは分かったが、国籍までは確認出来ていない――

紅い菱形は、これからすぐ自分の頭上を追い越し、黄色い菱形へ襲いかかる動きだ。

まずい、このままでは残ったベトナム機がやられる。レーダーを使わずに追いすがって行くから、あそこにいるベトナムのスホーイ30は、襲われることにも気づかない。

しかしアメリカ軍の交戦規定では『任務中に未確認機をやむを得ず撃墜する場合、相手の国籍と機種、数を必ず目視で確認し、平時においてはまず警告してから、従わないなら指揮官の判断で武器を使用せよ』とある。そしてもちろん指揮官は、事後に報告書を提出しなければならない。

今回の任務で暗視ゴーグルの着用が義務づけられたのも、いざという時に、未確認機を目視で確認させるのが目的だ。

しかしゴーグルがあっても、こんな闇夜で機体表面の標識なんて読み取れるのか……？

どうせ中国の機体に決まっているが――確認に手間取って、その間にベトナム機を撃墜されたらどうするのだ。

ファイアリー・クロスの滑走路は、破壊しなくては駄目だ。完成させたら、この南シナ海は中国共産党の領海になってしまう。

「――エリス中尉」

ネルソン少佐は、左の親指で無線の送信ボタンを押した。

「よろしい、そいつを」


いや、待て。

思いついた。そいつを撃墜しろ、と言いかけた瞬間。脳裏に別の考えが浮かぶ。

待て。

そうだ、私がやればいい――

「いやエリス中尉」少佐は言った。「ミサイルは撃つな。ロックオン状態は維持しつつ、そいつの一マイル後方につけ」

『どうしてです⁉』

「私が目視で確認する、手は出すな」

戦術情報画面を見ながら、少佐は命じた。

紅い菱形は真後ろから近づき、このままでは間もなく、すぐ頭上を追い越す。

だが、後方からエリス中尉の三番機にレーダーでロックオンされている。背後からミサイルを照準され、そのまま飛び続ける神経を持つ戦闘機パイロットがいるとは思えない。

奴は自分が撃たれる前に、ベトナム機への襲撃をあきらめて離脱するのではないか。

どこかへ遁走してくれるのであれば、あえて撃墜する必要は無い。エリス中尉に背後に張り付かせ、どこか遠くへ逃げ散るまで、追い回させればいい。

あるいは、もしも私の頭上を追い越して、ベトナム機へエンゲージしようとしたならば

――

（その時は、真下からゴーグルで機体表面を確認し、国籍マークを読み取ればいい）

おそらく、奴にはベトナム機を後方でガードしている我々――二機のF22の存在は見えていない。奴がレーダーを使わずベトナム機に追いすがっていくのは、レーダーの代わりにIRSTを使っているのだ。一方、F22はノズルから排出する赤外線も極力隠しているから、巡航状態ならIRSTでも探知はできまい。航行灯も点けずに黒い機体が、下方の海面を背景に飛んでいる。目視でも発見は困難だ。

奴は気づかずに、私の真上を追い越すだろう。その瞬間、真下から観察し、主翼下面の標識を読み取る。そしてすぐ真後ろへ上昇して背後を取る。あとは至近距離から機関砲を

撃ち込めばいい。機関砲を発射すれば、自動的にガン・カメラが作動して前方を撮影するから、報告のための証拠にもなる――

いや、その前に国際緊急周波数で警告をするか……。後方からロックオンされてもベトナム機へ襲いかかって行くようなら、警告で攻撃をあきらめるとは思えないが――

「クレーン、少し下がる」

無線に指示した。

「アイドルで後方へ」

『ツー』

左斜め後ろの位置にいる二番機のクレーン大尉が、すかさず応答する。

『少佐⁉』

エリス中尉のアルトの声が割り込む。

『今なら墜とせます！』

「いい」

少佐はぴしゃり、と指示した。

「君はロックオンしたまま、間隔を取り後方を固めろ」

そこへ

『少佐、奴を前へ出すんですね』

クレーン大尉の声が、短く確認して来た。

『真下から目視確認？』

「そうだ」

応えながら、少佐は左手のスロットルをいったん、一番手前のアイドルの位置まで絞った。背中で双発エンジンの唸りが低くなる。

推力が減り、機首が下がろうとするのを、操縦桿を軽く引いて支え、速度は減るが高度は下がらないようにする。

『了解しました。バックアップにつきます』

クレーン大尉は無線の会話を聞いていて、編隊長――ネルソン少佐の意図は読み取ったのだろう。

彼は経験もあり、優秀な信頼出来る部下だ。

それに比べ、三番機のエリス中尉は……。

さっきからスタンド・プレーを繰り返し、どこかから〈敵〉をあぶり出して来たはいいが、撃墜させろさせろとわめく。冷静さが足りない。

エンジン推力を絞ったのは、スピードをおとし、背後から迫るスホーイ27を早く前方へ行かせるためと、推力を絞ることでノズルの排気熱を減らし、至近距離でもＩＲＳＴに探知されぬようにするためだ。

奴は、中距離ミサイルはおそらく使い果たしている(まだ持っていたら、とうに発射しているはず)が、短距離用の熱線追尾ミサイルは残しているかも知れない。短距離ミサイルの射程は、ロシア製でも三マイル程度だ。ベトナム機の少なくとも後方五マイル以内へは、近づかせないようにしなくては——

スホーイ27

「——クク」

男は、酸素マスクの中で笑った。

リラックスした姿勢はそのまま。

それまで左手の親指を、スロットル・レバー側面のチャフ・ディスペンサーのボタンに載せていたが、それも放してしまう。

やはり、か……。

「何がおかしい〈牙〉!?」

「アメリカ軍の連中は自衛隊ほど阿呆ではないが。交戦規定は守る」

やはり『目視で国籍を確認しろ』と、指示されたか……。

情況表示スコープの円型の画面で、すぐ後ろの位置を占める赤い輝点は、ロックオン状態を維持したまま、電波の強度が明瞭になって来る。

撃たずに近づいて来る――

こちらをロックオンしているのはレーダー誘導のＡＩＭ１２０だろう。とうに射程距離内に入っている。もしも発射されたらその瞬間、照準レーダー波を発する輝点がもう一つ、分離するように現れるはずだが――

それも起きない。

「追いつかれるぞっ」

後席にも同じ情況表示スコープがある。女が後席で声を上げ、身をよじって背後を振り向く気配。ショルダー・ハーネスをきつく締めているから、後方は見づらいだろう。

カチャッ、と金具の音がする。

「ハーネスを外すな」

男はすかさず制した。

「つかまっていろ」

「どうするのだ〈牙〉」

「このまま〈獲物〉を襲えば、下に隠れている奴らが喜ぶ」

「何」

「振り回すぞ」

6

南シナ海　ファイアリー・クロス礁北方一〇〇マイル
〈亜細亜のあけぼの〉スホーイ27

「――クク」

男の長い右腕と脚が操縦桿とラダーペダルを同時に操作すると、コクピット頭上の星空がグルッ、と左へ回転した。

後席で「ウッ」と女が声にならぬ悲鳴。

構わずに操縦桿が引かれ、左手のスロットル・レバーが初めてノッチを越えて『全開』の位置へ出される。

「姿を見せてやろう」

ドンッ

暗闇の中、瞬時に吹っ飛ぶように右上方へ移動する鮫のような戦闘機は、その尾部の双発ノズルからピンク色の火焰を噴いた。

加速。

「――き、〈牙〉っ」

後席で女が抗議するようにうめく。

この急機動は、〈獲物〉に襲いかかるコースから外れる。

だが

「後ろの活きのいいのを、まず片づける」

凄じい下向きGをかけながら、男は平然と言う。

ざぁあああっ、と風を切る音。久しぶりの推力全開機動――男が愛機とするロシア戦闘機は震えていた。逞しい双発エンジンの唸りが背中を押し、星空が斜め下向きに激しく流れ、ヘッドアップ・ディスプレーの高度スケールと速度スケールが読み取れないくらいの勢いで跳ね上がる。

ヴォオオオオッ

「――――」

女の声が黙ってしまう。強いプラスGで、声を出せないのか。

だが

「心配するな玲蜂」

呼吸法が違うのか。男の声の調子は1G飛行の時と変わらない。その目は前方視界と、視野の中に情況表示スコープとキャノピー窓枠のバックミラーを同時に収めたままだ。

「獲物は必ず仕留める」

同空域
F22コンドル編隊　三番機

「——見えたっ」

ガブリエル・エリスはマスクの中で思わず叫んだ。

ヘッドアップ・ディスプレーに浮かぶ緑の四角形の中で、ピンク色の火焔が閃いた。

せっかく、旅客機の腹の下に潜んでいた正体不明の戦闘機をあぶり出し、ロックオンして前方に捉えたというのに。

編隊長のネルソン少佐からミサイル発射の許可は出ず、逆に『奴をロックオンしたまま一マイル後方につけ』と指示されてしまった。

くそっ……。

ガブリエル・エリスはマスクの中で歯嚙みした。

確かに空軍の交戦規定では、未確認機を撃墜する場合にはその所属と機種・数を目視で確認しなければならない――

そんなことは知っている。

だが規則なんか守っていたら、ベトナム編隊が全滅させられる。

やっちまってから、後から何とか理屈を考えて『規則を守ったこと』にするのが指揮官の役目じゃないのか……!?

そう思った。

絶好の射撃ポジションにいる。撃ってしまえばいいのではないか――!?

そうも思ったが。

一方で、命令違反をすれば確実にラプターから降ろされる――いや、空軍にもいられなくなるかも知れない……。その考えも頭をかすめ、トリガーにかけた右の人差し指を止めさせた。

『中尉』

その代わりに。

一マイル……?　馬鹿くさい。

速度は少ししかおとさず、レーダーに捉えた標的めがけてぐんぐん接近して行った。

『中尉、一マイルです』

フレール少尉が『このままでは近づき過ぎます』というニュアンスで告げて来るが

「――うるさい」

無線には乗せずにつぶやいた。

要するに、あそこにいる奴の所属を、目視で確かめられれば良いのだろう。

真後ろに食らいついて、見てやる。だがただ一機で、あんなテロリスト――あるいは暗殺者のような行動をする。機体表面に国籍マークなんか、描いてない可能性のほうが強いが……

そう思いながらヘッドアップ・ディスプレーの目標指示コンテナを睨んだ時。

チカッ、とピンク色の閃光が瞬(またた)いた。

(……!?)

アフターバーナーを使った……!?

「見えた、追う」

真っ暗闇の中、一瞬、流線型の後ろ姿がストロボに照らされるように浮き上がって見えた。前方三マイルだ。

しめた。

奴が双発ノズルから噴いたアフターバーナーの火焰で、双尾翼の特徴ある後ろ姿がはっきり浮かび出たのだ。

追いついて近づけば、機体の標識が読み取れる……！

だが次の瞬間、小さなシルエットはピンクの閃光の筋を曳き、斜め右上へ吹っ飛ぶように消える。

「く、くそっ」

反射的に、ガブリエル・エリスは右手の操縦桿を引き、同時に右ラダーを踏み込んだ。

ぐんっ、と下向きGがかかって星空が斜め左下へ流れる。

くっ……！

途端に血が下がり、顔面が涼しくなる。下半身を締めつけるGスーツがプシュッ、と自動的に膨らんで血液が下がらぬようサポートする。

ざぁあああっ

激しく流れる星空を背景に、いったん姿を消した緑の四角形がヘッドアップ・ディスプレー上端から震えながら下りて来るが、また上方へもがくように動いて視野から外れようとする。

急上昇旋回で、振り切るつもりか。

（わたしの乗ったラプターをか……!?）

馬鹿めっ。

『中尉⁉』

フレール少尉の慌てた声。

何とか、左後方について来ているのだろう。声が苦しそうだ。

バックミラーで四番機の位置と動きを確認する余裕が無い、しかし普段の訓練で、編隊行動はさんざん練習している。あの秀才の優男（やさおとこ）はついて来られるはず――

そう考えながら左手でスロットルを全開。ドンッ、と背中を叩く衝撃とともに再びアフターバーナー点火。構わずに操縦桿をさらに引く。ぐううっ、と下向きGが増して身体をシートに押しつけ、風切り音とともに視野の上側から緑の四角形――いやピンクの火焔を噴き出す機体シルエットそのものが見えて来る。スホーイ27だ。今、奴の急上昇旋回の、旋回半径の内側へ食い込んでいる。

「くっ」

その上で、さらに優速で奴に追いついて行く――ピンクの尾を曳く上面形が、斜め後ろ上方から見たアングルでヘッドアップ・ディスプレーの上縁ぎりぎりで震える。

もう少し――！

ガン・カメラを使おう。左の親指でスロットル横腹の兵装選択スイッチをカチッ、と後方へ。ＡＰＧ77を〈ＧＵＮ（機関砲）〉モードに切り替える。ヘッドアップ・ディスプレー上に円形の照準レティクルがぱっ、と浮き出るが、十字型のガン・クロスは画面の一番下の端に振り切れている。通常はこのガン・クロスを標的に重ねるようにして撃つが、猛烈な下向きGがかかっているため、今の体勢で標的に砲弾を当てようと思ったらかなり上の方を狙わなければいけない――

（――当てるわけじゃ、ない）

撮影して、証拠が残ればいい……。右手の人差し指を、トリガーに掛ける。トリガーは二段スイッチになっていて、半分だけ引けばガン・カメラだけが作動し、一杯に思い切り引き絞るとバルカン砲が発射される。

（もう少し）

もう少しだ。

なかなか、シルエットは震えたまま視野の上端から下がって来ない。

さらに操縦桿を、手前のメカニカル・ストップにカチン、と当てるように引き切る。

「くそ」

途端に

ぐうぅっ

シートへ全身を押しつぶすようなGがかかり、星空すべてが猛烈な勢いで斜め下向きに流れた。

ざざぁあっ

「――くっ」

推力偏向ノズルが働いたか……！

フライバイワイヤ・システムが操縦者の意図を検知し、さらに機体を小回りさせるため双発エンジンのノズルを上向きに――機首を無理やり上げさせる方向へ動かしたのだ。

つ、つぶれる……くそっ……！

凄じいGで息が出来ない。プールで息継ぎをせずに全力で泳いでいるみたいだ。歯を食い縛って目を上げる。血液が眼球から下がってブラックアウト寸前だ。視野が狭くなる。負けるな……！　風切り音とともに少しずつ、震えながらスホーイ27のシルエットが視野の中心へ下がって来る。

今だ、撮影――

だがガブリエル・エリスが右の人差し指を引きかけた、その瞬間。

ブワッ

突然、視界すべてが真っ黒になった。

（な）

何――そう思う暇も無く

ドガガガッ

次の瞬間、機体が上向きに突き上げられ、まるで巨人の腕に掴まれたかのように頭上へ振り回され、ひっくり返された。

「――うぉわっ⁉」

F22コンドル編隊　四番機

「うわぁっ⁉」

フレール少尉は思わず声を上げた。

エリス中尉の三番機を追いかけ、必死に右上昇旋回を続けていた。ポール・フレールの視野の右上にも、ピンク色の火焔の尾のようなものがちらっ、ちらっと映っていた。

謎の戦闘機――自分の目で確かめたわけではない。エリス中尉は『スホーイ27だ』と言う――は突如、右急上昇旋回に入り、自分たちの視界の前方から離脱した。

そのままどこかへ逃げるつもりか……⁉　あるいは背後につかれた態勢を嫌い、仕切り直してベトナム機を襲うつもりかも知れない。いずれにせよ命令は『奴の一マイル後方につけ』だ。追わなければならない――

しかし、追いかけて上昇旋回に入るとピンクの火焔の動きは疾く、一杯にGをかけて上昇旋回しなければたちまち視野の外へ逃げてしまう。三番機のシルエットを暗視ゴーグルの視野の右上に捉え、旋回の外側へ置いていかれないよう追いかけると、凄じい下向きGがかかった。い、息が出来ない――

いったい、どこまで追うんだ……⁉　そう思い掛けた時。斜め上昇旋回を続ける視界の上の方から何か巨大な『壁』のようなものが覆い被さるように迫って来た。何だ、白い、これは……！

「せ」

積乱雲⁉

ハッ、と目を見開くが遅い、三番機の機影が巨大な白い壁の中へ埋まるように消え、次の瞬間には自分も突っ込んでいた。

ドガガガガッ

「う、うわぁあぁぁっ！」

五点式ハーネスで縛りつけているのに身体が浮き、頭をキャノピーにぶつけそうになる。振り回される――どうしようもない、突き上げられ、ひっくり返され回転する。操縦桿とスロットルを必死に握り締めてつかまっているしかない、どっちへ運動しているのか分からない、上か下か、重力の方向も分からない……！

ぶわわわわっ

激しく回転する。洗濯機どころではない、ハリケーンの荒れ狂う波の中へ放り込まれた紙飛行機だ。

「――ちゅ」

中尉……！

スホーイ27

「クク」

キャノピーの窓枠に取りつけたバックミラーの一つで、蒼白いアフターバーナーの閃きが二つ、ふいに何かに隠されたように見えなくなった。

突っ込んだか……。

男は、マスクの中で微かに笑った。

こうも簡単に引っかかるとは。

「素人(しろうと)だ」

目を上げると、九〇度近いバンクで上昇旋回を続けるキャノピーのすぐ上は、闇の中にそそり立つ巨大な『壁』だ。頭の上を、凄じい勢いで灰色のまだら模様が流れる。

ガクガクッ、とこの機体も時折り上下に揺さぶられる。

積乱雲のすぐ外側を、巻くように飛んでいる。

先程まで、わざと緩い速度でまっすぐに飛び、二機のF22を背後に引きつけていた。

男は、右方向の闇の奥に巨大な積乱雲がそそり立っているのを認めていた。巨大な雲が真横の位置へ来るのを待っていたのだ。タイミングを見計らい、急機動に入るとすかさずアメリカ軍の二機は食らいついてきた。アフターバーナーの蒼白い火焔がバックミラーではっきり視認出来る——あとは、こちらの正体を確かめようと焦る二機のステルス戦闘機を引き連れ、雪山のような積乱雲の稜線の外側すれすれを巻くように上昇旋回した。

ラプターは、上昇性能においても旋回性能においてもフランカーを上回っている。その高性能が災いした。二機のF22は旋回の内側へ切り込んだせいで、積乱雲の壁の中へ見事に自分から突っ込んだ。パイロットは凄じいGでブラックアウト寸前になっており、自分の頭上から巨大な『壁』が迫って来るのに気づかなかった——

そんなところか。

「——クク」

死にはすまい。

男はもう、背後に何の注意も払わなかった。操縦桿を左へ取る。キャノピーのすぐ頭上を流れていたまだら模様が闇の奥へ消え、星空が回転する。

ざぁあああっ

F22コンドル編隊　一番機

ネルソン少佐の戦術情報画面で、紅い菱形がフッ、と消えた。

姿を消した……!?

「――な、何だ!?」

十秒ほど前。少佐のコクピットのバックミラーにも、ピンク色の閃光がひらめくのが映った。

未確認機に、自分のすぐ頭上を追い越させようと、ミラーに視線を上げていた。だからピンクの焔（ほのお）の尾を引く機影が斜め上方へ吹っ飛ぶ様子も視認できた。

逃げたかっ……? 反射的に後方を振り仰ぐと、ピンクの焔は右後方へ上昇して、たちまち小さくなる――それを二つの青白い閃光が追いかけて行く。三番機と四番機か。

ハッ、として戦術情報画面に目をやると、未確認機を示す紅い菱形が右へ移動方向を変え、高度表示の数字を増やしながら離脱して行く。それを二つの緑の菱形〈CD3〉と

〈CD４〉が追いかけて行く。Gと高度の表示がぐんぐん増える。

（よし）

少佐はうなずいた。

未確認機は、ついに真後ろからロックオンされ続けるのに耐えかね、離脱したか。

しかしこの地球上で、機動性能でF22に敵う航空機は存在しない。ラプター二機がすぐ背後に食らいついていれば、もう奴には何も悪さは出来まい。

これで生き残ったあのベトナム機を、ファイアリー・クロスへ突入させてやれる――

ところがその数秒後。

フッ

戦術情況画面で、赤い菱形が姿を消した。

何だ。

（――消えた……!?）

追いかける二つの緑の菱形、〈CD３〉、〈CD４〉の前方からいなくなった。

どうしたのだ。

だが目をしばたたいていると、赤い菱形はすぐ別の場所にパッ、と姿を現した。消えた位置から数マイル斜め後方。まるで瞬間移動したかのようだ。

な、何だ。

後ろ向きに、五マイルも跳んだ……？

思わず後方を振り仰ぐが。暗視ゴーグルの視界には何も映らない。

たった今、画面から突如菱形が消えたのは。コンドル編隊三番機が積乱雲に突っ込んでしまったため機首があさっての方向を向き、ロックオンしていた未確認機をレーダーの視界から見失ったのだが、ネルソン少佐にはそんなことは想像出来ない。

その瞬間移動したかのように別の位置に現れた紅い菱形は、〈ＣＤ３〉からのロックオン情報が途絶えたため、データリンク・システムが代わりに後方のＥ３Ａからの索敵情報に切り替えて表示したのだが、それは前回のロートドームの回転でこの辺りをスイープした時の情報で、十秒も前の未確認機の位置だった。

「クレーン」

少佐は後方の二番機を呼んだ。

「我々のファイブ・オクロック・ハイ（五時方向上方）だ。何かいるか」

『何も見えません少佐』

左後ろにつき従う二番機・クレーン大尉の戦術情報画面にも、同じ表示が出たのだろう。首を傾げるような声。

『〈ＣＤ３〉と〈ＣＤ４〉の運動データの数字もおかしい。どうしたのでしょう』

「コンドル・スリー」

少佐は戦術情況画面の右後方で、高度と速度の数字をめまぐるしく増減させている三番機を呼んだ。どうしたのだ。運動データの数字は変だが、位置はあまり変わっていない。つき従う四番機も同じ状態だ。何が起きている？　データリンクの不具合か……？

「スリー、エリス中尉、どうした」

だが指揮周波数にはザッ、とノイズが走るだけだ。

ネルソン少佐は、情況が摑めず戸惑っている数秒の間に、まさか当の未確認機が自分の遥か真上を超音速で追い越して行くとは想像もしなかった。

スホーイ27

鮫のような機体は闇の天空で一度背面になり、身をひるがえした。バレルロール。
ざぁあっ
星空が頭上へ戻って来ると、機体は水平になった。
すべてを強く下向きに押しつけていたGは抜け、インターフォンに呼吸音がし始める。
後席の女が息をむさぼっている。

同乗する者には、機体が三次元空間でどのように機動したのか分からなかっただろう。機首がいつの間に真南を向いたのかも――

「玲蜂」

男は、ちらとバックミラーに鋭い目を上げた。

後席搭乗員の様子もミラーで見ることが出来る。赤い計器パネルの照り返しに、ヘルメットの下の顔。黒い酸素マスクが小作りな顔の下半分を覆い、女は目だけの存在だ。苦しげに呼吸するが、細い切れ長の目が男を睨み返す。

「そんなことで」クク、と男は小さく笑う。「いざというとき俺が刺せるのか？」

ミラーの中で女が睨む。

「――う、うるさい」

黒髪が、ヘルメットの縁からはみ出している。あれほど「切れ」と言ったのに、女は頑として長い黒髪を切ろうとしない。搭乗する時だけでなく、格闘の邪魔だろう、俺を刺す時に困るぞ。

そう諭しても「命令するのは、わたしだ」と言い返して睨む。

その飛行服の右脚には、ストラップで留めたナイフと小型拳銃をいつも携行している。男が〈組織〉を裏切る素振りを見せた時には、即座に殺す――

「獲物はすぐ前方だ」

男は教えてやった。

自分の監視役として、女はもう長い間、傍にいる。機体に搭乗して出撃する際には必ず後席に乗る。かつて『飛行教導隊随一の腕』とも呼ばれた自分の操縦は滑らかだが、その戦闘機の性能エンベロープの隅から隅までを使い尽くして飛ぶ。設計限界までの運動Gが平気でかかる。後席でつきあうのは、ご苦労としか言いようが無い。

「上方からやる、つかまっていろ」

背中でアフターバーナーは燃焼し続けている。速度、マッハ一・七〇。

高度一五〇〇〇フィート。空気密度の濃い中間高度では、性能カタログに最高速度マッハ二以上と書かれていても、出し得る速度は限られる。スホーイ27は世界で最も空力的に洗練されているが、この高度では今の速度が限度だ。機体は平然と水平飛行していたが、あと一パーセント増速したら衝撃波の影響で気流が剝離し、主翼がハイスピード・バフェット（翼表面の気流剝離による異常振動）を起こすだろう。

（――――）

今だ。

先ほど頭の中にプロットした〈獲物〉の位置から、現在の位置を脳裏に描く。頃合いを見切って、操縦桿を左へ倒した。無造作に見えるが繊細な操作で、ロールに入る両の主翼から全く振動は伝わって来ない。

クルッ

星空が右向きに回転、コクピットの頭上は真っ黒い大海原だけになる。

と

「あそこにいる」

男は、後席の女に教えてやるように告げる。

操縦桿が引かれ、背面のまま機首は真っ逆様に黒い闇の底へ向けられる。

急降下。

身体が浮く。

ズゴォオオオッ

ガタタッ

瞬間、振動が始まりかけ、男の手がスロットルを戻す。アフターバーナーが切れ、コクピットの風防を風切り音が包む。前面視界は暗黒が震えるだけだ。どこへ向かって突っ込んで行くのか、操縦桿を握る男――〈牙〉と呼ばれるこの男にしか分からない。

カチ

左手で、男はスロットル・レバー横腹についた兵装選択スイッチを入れる。HOTASと呼ばれる概念で設計された操縦装置のデザインは、西側の機体と操作要領がほとんど変わらない。男が昔、航空自衛隊で飛ばしていたF15Jイーグルと同じだ。

ピッ

機首のパルス・ドップラーレーダーが初めて作動し、真っ逆様にしておちかかっていく先に獲物の存在を見つけ出し、ヘッドアップ・ディスプレーの上に緑色の四角形——目標指示コンテナが浮かび出た。

あそこにいる。

男の推定した位置と、ほとんどズレは無い。何一つ光源のない一面の暗黒——大海原の真っ只中に緑の四角形は浮かぶ。獲物は、黒い海面を背景に低空で飛行している。

ゴォオオッ

やや背面のまま、真っ逆様に降下する。ヘッドアップ・ディスプレー右端の高度スケールが上向きに吹っ飛ぶように減っていく。

「ク」

レーダーを使い、〈機関砲〉モードでロックオンした。あそこにいる獲物——スホーイ30のコクピットで受動警戒装置が感知し、搭乗者に警告するだろう——しかし見上げた時には遅い。

男の指がトリガーにかかる。

7

南シナ海　ファイアリー・クロス礁北方一〇〇マイル
F22コンドル編隊　一番機

『――な、何だこれはっ!?』

ヘルメット・イヤフォンに要撃管制官の声が響くのと、コクピットの戦術情報画面に異状が現れたのは同時だった。

ピッ

(何)

ネルソン少佐も目を剝いた。

何だ、これは。

思わず目をこすろうとして、暗視ゴーグルをつけているのに気づく。

くそ、どういうことだ。

画面上を、紅い菱形がジャンプした――!?

『スカイネットよりコンドル・リーダー、アンノンの位置が変わりました。あなたの前方にいる。繰り返す、現在の正確な位置はあなたの前方』

戦術情報画面は、自機を表わす三角形のシンボルを中心に、友軍機や未確認機の位置を菱形シンボルで表示する。

しかし、今までネルソン少佐機の右後方にいた紅い菱形——未確認機を表わすシンボルが、ふいに位置を変えた。少佐機の三角形シンボルの前方へ、瞬間的に移動したのだ。

それはまるで紅い菱形が自分を跳び越し、前方へジャンプしたかのようだ。

馬鹿な。

いつの間に……!?

「スカイネット、どうなっ——」

言いかけて、ハッと口を止めた。

そうか。

E3Aの送って来る飛行物体の位置データは、十秒に一回スイープするロートドームのレーダーが捉えたエコー（反応）だ。

一方で編隊のF22同士は、データリンクで結ばれているから、GPSで得たリアルタイムの位置情報を切れ目なく共有する。だから画面上にある緑の菱形は、すべて今この瞬間、僚機がいるリアルな位置だ。

しかしE3Aの索敵した飛行物体の位置情報は、十秒に一回しか更新されない。ということは、そのままではE3Aの捉えた各菱形シンボルは画面上を十秒ごとにカク、カクと移動することになる。それでは見づらい。そこでデータリンク・システムは各菱形の動きを補正して『次の十秒後のスイープまで同じ向きと速度で運動し続ける』という仮定の下に、連続的に推定位置を計算して表示する。

実際、頭上の航空路を飛ぶ民間機や、少佐機の前方を飛ぶベトナム機が滑らかに動いているように見えるのは、その推定計算のお陰（ベトナム機の位置情報はIRSTによっても補正されている）だ。まっすぐに一定の軌道で飛んでいるものは、それでよいが――

「くっ」

AWACSは千里眼だから何も見逃さないとか、過信しては駄目だ……！

少佐はすかさず、左の親指でスロットル横腹の兵装選択スイッチを前へ押した。〈MRM（中距離ミサイル）〉モード。

機首のAPG77レーダーが息を吹き返し、前方の空間を瞬間的にスイープした。

ピピッ

途端に、戦術情報画面の紅い菱形はさらに前方へ瞬間移動した。何だ!?　今のこいつのリアルな位置はここか……!?　高速で進んでいる。ほとんど黄色い菱形に追いつき、その上に重なる。しかも――

(――急降下している……まずいっ)

まずい、と思った瞬間にはもう遅かった。

〈亜細亜のあけぼの〉スホーイ27

背面で真っ逆様に海面へとおちかかるスホーイ27。

ぶぉおおっ、と前方から暗黒が押し寄せ、何も見えないが黒い巨大な壁のようなものが震えながら迫って来る――

「死ね、苦しまずに」

男の指が操縦桿のトリガーを引き絞るのと、ヘッドアップ・ディスプレーの緑の四角形の中に小さく、カナード付き戦闘機の上面形らしきものが見えたのは同時だった。十字のガン・クロスがその中央に重なっている。

ヴォッ

背面急降下する鮫のような戦闘機は、左の主翼付け根から赤い閃光を吐いた。閃光をひらめかせるとただちに、宙返りの後半のように機首を引き起こした。

閃光がひらめいたのは一秒の半分ほどだったが、それでも五〇発あまりの二三ミリ砲弾が射出されていた。それらは赤い雨となり、海面近い低空をまっすぐに飛行中だったベトナム空軍のスホーイ30の真上から降り注いだ。

F22コンドル編隊　一番機

「――――う!?」

レーダーを働かせたので、ネルソン少佐機の戦術情報画面ではリアルタイムにすべてが『見えて』いた。

一〇マイルほど前方、紅い菱形が黄色い菱形に追いついて被さると、高度表示を猛烈な勢いで減らした。真っ逆様に急降下――――!?　その横に表示される高度のデジタル数値は急激に減ったが、次の瞬間、運動Gの数値（APG77が標的の運動を計測し算出している）を急激に増やすと、まるで空中に停止するみたいに降下を止めた。

同時に、重なっていた黄色い菱形が画面上からフッ、と消失した。IRSTの反応も急に強くなると、消えた。ヘッドアップ・ディスプレーに浮かんでいた緑の四角形も消えてしまう。四角形が消える瞬間、赤い光がその中でボッ、と膨張した。

「や」

やられた……？

やられたのか。

今、最後の一機がやられたのか。

六機全部……!?

少佐は息を呑む。

「…………」

これは現実か。

敵の大部隊など襲っては来なかった。空軍士官学校で習ったセオリーでは、六機の攻撃編隊を阻止するには少なくともその三倍の勢力が必要なはず。しかし――

エリス中尉の報告が本当ならば、奴はたった一機で……!?

「……信じられ――いや」

ネルソン少佐は頭を振った。

呆然（ぼうぜん）としている場合ではない。

戦術情報画面の紅い菱形は、八Ｇの引き起こしをかけ、減っていた高度の数値を急激に増やし始める。上昇している――そして運動の向きが一八〇度、変わる。今度は真正面の位置から、こちらへ向かって来る。

（……!?）

こっちへ来る……!?

くそ。

すかさず兵装選択スイッチをダブルクリック、前方から急接近する紅い菱形を画面上でロックオンした。

表示が出る。『FOX1　LOCK』

ヘッドアップ・ディスプレー上に再び、緑の四角形が現れる。視野の下の端からククッ、と正面へ浮かび上がって来る。上昇している。

そうか。

奴は、下向き宙返りの前半を利用し、真上からベトナム機を襲ったのだ。

標的の頭上から射撃した。そして引き起こし、こちらへ機首を向け上昇して来る――

ピッ

HUD上に『IN　RNG』の表示。緑色だ。兵装選択は〈MRM〉モードだから、今AIM120ミサイルを照準している。射程内であり、すぐに撃てると教えている。

どうする。撃墜するか。

（──いや）

いや待て。

少佐は右手の人差し指をトリガーに掛けるが、止める。

こいつ──紅い菱形はもう、機関砲しか使える武器が無い。もし短距離ミサイルを残していたら、今のような襲撃をするはずが無い。今のは、真上から機関砲を撃ったのだ。

このままなら奴は間もなく、俺のすぐ頭上を反対側へすれ違う。レーダーでロックオンしたから、こちらの存在はばれただろうが──しかしたとえ奴の受動警戒システムが警報を発しても、依然として向こうからはレーダー探知出来ない。我々の正確な位置──ここに俺がいることは奴には摑めない。

「────」

少佐は、緑の四角形の動きを目で追う。その中に間もなく戦闘機の正面形が見えて来るはずだ。

よし。

こうしよう。奴が気づかずに頭上を通過したら、すれ違いざまインメルマン・ターンを使い、真後ろへ食らいつく。

正体を、この目で確かめてやる。そして真後ろからロックオンしたまま警告し、押さえ

的にステルス性が失われる。F22はレーダーに映るようになってしまう。

一番機の左後方、約五〇〇フィートの位置にいる二番機も、同様に胴体下両脇のウェポン・ベイを開いた。ミサイル二発を露出する。

そこへ、暗闇の奥から鮫のような戦闘機は急速に近づいて来た。

スホーイ27

ざぁあああっ、という風切り音とともに前方視界が激しく下向きに流れ、頭上から星空が戻って来た。

「――――」

男の手が、操縦桿を前へ押すと、目の前で星空の水平線がぴたりと止まる。同時に下向きGが抜け、身体が浮くような感覚。

水平姿勢に戻った。

射撃をした直後、海面を腹で擦(こす)るような引き起こしを行なった。真っ逆様の姿勢から、宙返りの後半のように機首を起こし上昇したのだ。機体は下向きに押しつぶす強烈なGでギシギシきしみ続けていたが、今、嘘のように静かになった。

シュウッ、シュウッ、シュウッと酸素マスクのエアを激しく吸う音に、男はまたミラーへ目を上げる。

後席の女のヘルメットが、下を向いている。革手袋で計器パネルの両端を掴み、激しく呼吸している。運動荷重は八G以上かかっていた。おそらく引き起こしの間、一回も息を吸えなかったのだろう。

「……！」

見られているのに気づいたか。女はうつむかせていた顔を上げ、睨み返す。

「苦しいなら」男は告げた。「マスクを加圧モードにするといい」

「……う、うるさい」

女は肩で息をしながら言い返す。

「わたしは大丈――」

その時
ピピッ
前席・後席ともに、情況表示スコープの上側で赤い輝点が明滅した。

同時に

ピッ
スコープ上のすぐ前方、正面わずか三マイルの位置に、菱形のターゲットが浮かんだ。

二つ。

菱形ターゲットはレーダーの反応だ。ふいに現れたのだ。赤い輝点と菱形ターゲットはすぐ重なり、一体となった。

機のレーダーが、前方に二つの飛行物体を捉え、同時に受動警戒システムがそれら二つの飛行物体が照準レーダーでこちらをロックオンしていると知らせる。

「マスクを加圧モードにしろ」

男は言った。

「またGがかかるぞ」

この二つの反応は、アメリカのF22か。先ほどからベトナム編隊を後方で『護衛』していた——

（————）

男の右手が反射的に動く。前方視界で星空がズリッ、と斜め左上へ流れ、すぐ止まる。機首の向きを瞬間的に調整したのだ。

機のレーダーは〈機関砲〉モードのままだ。左の親指で兵装選択スイッチを押し込み、格闘戦モードにする。

急にレーダーに映ったということは――前方の二機のF22は胴体脇のウェポン・ベイを開き、短距離用の熱線追尾ミサイルを露出させたに違いない。情報によると、装備しているAIM9Xはサイドワインダーの最新型だ。熱線追尾ミサイルは、通常は標的機のエンジン排気ノズルへ向けて撃たないと追尾しない。つまり相手の背後からしか狙えないが、AIM9Xは相手機と向き合った状態からでも照準出来、発射可能だという。

わずか間合い二マイル、相対接近速度は音速の二倍近く。F22にAIM9Xを撃たせずに済ます方法は一つしか無い。

「――ク」

男の鋭い目が、細められる。前方の闇の中に何かを見つける。

同時に格闘戦モードになったスロットバック・レーダーが、前方で一番近い飛行物体を捉えて自動的にロックオンした。ヘッドアップ・ディスプレー上で、まさに男が目を細めたその位置に緑色の四角形が浮かび、何かを囲んだ。

二重円の照準レティクルが回転しながら四角形に重なり、さらにガン・クロスがぱっ、と現れて重なる。

Ｆ22コンドル編隊　一番機

「うーーうわっ!?」

ヘッドアップ・ディスプレーの上、自分の頭上を飛び越すように見えていた緑の四角形が急にツツツッ、と正面の位置へ下がって来た。眉間（みけん）の真ん前だ。

な、何だ……!?

ネルソン少佐はまた目を剝く。

これは真正面――ヘッドオンだ、ぶつかる……!

「……くそっ」

少佐は、兵装を〈ＳＲＭ〉に選択し直すことでＡＩＭ９Ｘが露出し、相手機のレーダーに映るようになってしまったことに考えが及ばなかった（二番機のクレーン大尉が驚いたような声を出した時点で、気づくべきだった）。

それよりも心の中で、頭上をすれ違いざま操縦桿で機首を引き起こし、インメルマン・ターン――宙返りの前半部分を使った機動に入ることと、未確認機の背後に食らいつくことばかりを考えていた。しかし未確認機はふいに軌道を変え、少佐の眉間にぶつけるようにつっかかって来る。

来る。

思わず、きき腕の右手に握った操縦桿を左へなぎ倒した。

音速の二倍で接近している。かわせるか……!?

グンッ

目の前の星空が右方向へ傾きながら流れ、瞬間、シートに叩きつけるG。

「ぐ」

同時に、九〇度近いバンクで傾く機体の腹の下を、猛烈な疾さで何かがすれ違った。

ズシンッ

F22コンドル編隊　二番機

F22二番機のコクピットで、リー・クレーン大尉は目を見開いた。

「うわっ」

暗視ゴーグルの視界の真ん前に、突如、一番機が急旋回の背中を見せて覆いかぶさって来たのだ。五〇〇フィート（一五〇メートル）右前方を雁行して飛んでいたリーダー機が、予告も無く左急旋回で目の前を横切ろうとした。

やばい、ぶつかる……！

とっさに操縦桿を、左へ叩くように倒す。グンッ、とGがかかり自分も左急旋回に入るが、九〇度近くまで瞬間的に傾いた視界の下側から、一番機の黒い背中がせり上がるように迫る――まずい。

「くっ」

クレーン大尉は、さらに操縦桿を手前へ引き、旋回半径を小さくして衝突を避けようとした。カチン、と当たるまで操縦桿を瞬間的に引く。

途端にシートへ身体を叩きつけるような下向きGがかかり、ずざざぁっ、と星空の水平線が目の前を激しく流れ、ぶつかる寸前まで迫っていた一番機の背中が機首の下側へ隠れる――しかし同時に何か物凄く疾いものが、機体の腹のすぐ下側をすれ違うように通過した。

ズシンッ

「――ぐわ」

クレーン大尉の二番機は、九〇度左バンクの姿勢から推力偏向ノズルでさらに機首上げしようとした瞬間、腹の下から食らった横向き衝撃波に突き飛ばされ、そのまま軸廻りに一回転した。

「う、うぉわっ」

星空が目の前で一回転する。

何だ、何が起きた。

やばい、もしも少佐の一番機とぶつかったら——！

だが大尉の暗視ゴーグルの視界では、星空が廻るばかりで、一番機の黒いシルエットはどこにあるか分からない……見回そうとしてもGで押しつけられ、首が廻らない。

く、くそっ……！

リー・クレーン大尉は二十九歳。ヘルメットを脱げば黒髪の長身だ。ミネソタ州出身で空軍士官学校卒、士官学校ではネルソン少佐の二期後輩だ。

F15の飛行隊から選抜され、F22へ機種転換して三年。最近ではネルソン少佐の僚機として行動を共にすることが多い。ステルス機を活用した用兵理論で意見がよく合い、一緒に襲撃プランを立案して演習をすることが多かった。少佐からは「俺の次の隊長は君だからな」と言われていた。ラングレー基地に近い砂漠の訓練空域では、敵勢力に見つからずに忍び寄って殲滅する演習においては少佐とクレーン大尉のペアが常に最高スコアを上げ続けていた。

その代わり、演習が済むと、早く録画した戦果を検討したいのでまっすぐ基地へ帰っていた。近接格闘戦の訓練など、この半年間、一度もやっていなかった。

「――くそっ」

クレーン大尉は目を見開き、機の姿勢を摑もうとした。星空が一回転して頭上へ戻ったところで操縦桿を右へ取り、ロール運動を止める。

ずざっ

風切り音と共に、目の前の視界が水平に戻るがその瞬間、また身体を横向きに叩きつけるG。

「うっ」

顔をしかめる暇も無く

『クレーン、奴は逃げた。後方だ、追うぞっ』

ヘルメット・イヤフォンにネルソン少佐の声。

「……!?」

奴……？

そうか。

クレーン大尉は、一番機の少佐に『君もフォックス・ツーをロックしろ』と指示され、その時に初めて自機のレーダーを入れた。

しかしそれまでも、少佐機がレーダーで捉えた紅い菱形の動きはデータリンクを通じて目の前の戦術情報画面に表示されていた。

黄色い菱形――ベトナム軍の最後の攻撃機がやられる瞬間も　目にしていた。

奴――

無線で、第二編隊のエリス中尉の声も耳にした。スホーイ27……？　今、ぶつけるようにすれ違って行った物体がそうなのか!?　たった一機で襲って来たと。

(作戦も用兵も無視したやり方……正規軍の行動じゃない、テロリストか!?)

そこへ

『コンドル・リーダー、コンドル・リーダー』

E3Aの機上管制官の声が呼んで来る。

『少佐、今アンノンと位置が重なりました。大丈夫ですかっ』

ピッ

(……!?)

はっ、と気づいて戦術情報画面を見ると。自分たちのすぐ前方に紅い菱形が一つ、ぽつんと浮かんでいる。

何だ。

後方には、飛行物体はいない。

何だこれは。今、すれ違ったはず――？

敵がもう一機、出現したのか⁉

だがすかさず
『スカイネット、データリンクを切ってくれ』

ネルソン少佐の声。

『奴とすれ違って、こちらのレーダーからロストした。しかしシステムが勝手に、そちらの十秒前の索敵情報を自動的に表示してしまう。紛らわしい、そちらからの索敵情報のリンクを切れ』

『りょ、了解しました』

『我々のレーダーだけで捕まえる。クレーン、行くぞ』

8

南シナ海　ファイアリー・クロス礁北方一〇〇マイル
F22コンドル編隊　二番機

『クレーン、続けっ』

無線にネルソン少佐の声。

はっ、として戦術情報画面へ目をやると、緑の菱形が一つ、自機のすぐ右後方に浮いている。表示は〈CD1〉。

（そうか）

クレーン大尉は目で把握した。

見失った一番機は、自分のすぐ右斜め後方にいる。

たった今、急旋回で左へ機首を向けたせいだ。少佐の一番機にぶつからぬよう、推力偏向ノズルが自動的に働くくらいに小回りした。そこへ何物かが、音速を超えるスピードですれ違って――

マップ画面にも目をやる。さっきまで真南を向いていた機首方位は、一三〇度くらい左へ旋回し、北東に変わっている。

「少佐」

クレーン大尉は、身体を捻ってコクピットから右の後方を見ようとするが、同時に暗闇の中で蒼白い閃光がひらめいた。

ドンッ

アフターバーナー点火の衝撃波が空気を伝わり、キャノピーを震わせた。

暗視ゴーグルの防眩機能が働き、蒼白い閃光は輝度を抑えられ、白っぽいちらつきに変わる。黒いラプターのシルエットがアフターバーナーの火焔を噴きながら、コクピットのすぐ頭上を左急旋回で通過する。

グォッ

ゆさゆさっ、と機体が揺れた。

そうか。

少佐機は、北へ向かう――今すれ違った未確認機を、追うつもりだ。

（よし）

リーダー機の位置と行動方針が分かれば、僚機としてするべきことは一つ。リーダーのバックアップだ。

「少佐、フォー・オクロック（右後ろ）につきます」

無線に告げながら、クレーン大尉は操縦桿を左へ倒し、同時にスロットル・レバーを一杯に前へ出した。

ドンッ

F22コンドル編隊　一番機

「――逃がすかっ……！」

ネルソン少佐は、アフターバーナーに点火しながら機を左方向へ強引に回頭させた。

星空の水平線が右向きに激しく流れ、計器パネルでマップ画面と戦術情報画面が同じ向きに回転し、機首が北を向いたことを示すと右手でバンクを水平に戻す。

奴は真南から来て、ぶつけるようにすれ違った――

目の前で星空の傾きが戻る。同時にヘッドアップ・ディスプレー右端で速度スケールが増えていく。背中のエンジン音が、さっきまでのドロドロという唸りからウォオオッ、という轟（とどろ）きに変わる。アフターバーナー全開だ。

（兵装選択は）

兵装選択は、〈SRM（短距離ミサイル）〉のままだった。しかし標的のロックオンが外れたのでレーダーは広域捜索モードに戻っている。

北へ向いた機首の前方空間を、自動的に広範囲にスイープする。

（――いた！）

たちまちAPG77レーダーが、前方を北へ向けて逃げて行く飛行物体を捉えた。

戦術情報画面に再び、紅い菱形が浮かび出る。七マイル前方。

ピッ
同時に機首のIRSTも再び標的を捉えた。

アフターバーナーを焚いているのか、明瞭な反応だ。

「今のは、ふざけやがって」

逃げられると思うな。

左の親指で兵装選択スイッチをダブルクリック、再び標的をロックオンする。相手機の速度と運動G、推定高度が自動的に表示される。マッハ一・二、水平飛行で加速中。

こいつの向かう先は――どこだ。

まさか、大陸……？　遥か先だぞ。

だが、スホーイ27というのが本当ならば航続距離は長い。確かカタログ・スペックでは四〇〇〇キロメートルを無給油で飛ぶという――

追いつけるか。

ヘッドアップ・ディスプレーに視線を戻す。視野の正面に、再び緑色の四角形が現れて浮かんでいる。その左横、ちょうど自機のスピードを示す速度スケールがマッハ〇・九九から音速に達する。

軽くジャンプするような感覚と共に、速度スケールがいきなりマッハ一・〇五に跳ね上がる。布を裂くような風切り音。

高度は——

（一五〇〇〇か。よし、マッハ一・八まで出せる）

少佐は『追いつける』と思った。

F22ラプターは、中高度域での速度性能も世界一だ。

戦闘機にとって、高度一五〇〇〇フィートはまだ空気が濃い。通常の戦闘機は、たとえマッハ二級の性能であっても、この辺りでは音速の一倍半くらいが限度だ。しかしF22はこの高度でもマッハ一・八まで加速出来る。有り余る推力によって、加速力も世界一だ。

ラプターに後ろに食らいつかれ、逃げ切れる航空機は地球上に存在しない——

ヘッドアップ・ディスプレーに浮かぶ緑の四角形の中で、点のように小さく、ピンクの焔が瞬く。

（――――）

逃がすか。

こちらの裏をかき、六機の標的を葬り、今度は逃走するつもりか。アフターバーナーを焚いているようだが――この俺から逃げられると？

ピンクの焔を睨みながら、少佐は左手をスロットルから離すと、ヘッドアップ・ディスプレーのすぐ下に配置された統合コントロール・パネルで無線の送信チャンネルを〈2〉に替えた。素早く左手をスロットルへ戻し、レバー横腹の送信ボタンを親指で押す。

「国籍不明機に告ぐ」

同空域

〈亜細亜のあけぼの〉スホーイ27

『――針路三六〇度で逃走中の国籍不明機に告ぐ。こちらはアメリカ空軍』

二四三メガヘルツの国際緊急周波数に合わせてある2番ＵＨＦ無線に、ザッというノイズと共に声が入った。

『後方からお前をロックオンしている。こちらの指示に従え。ただちにアフターバーナーを切り、速度をおとせ』

無線の声は英語だ。

「――――」

男は、操縦桿を握ったまま表情を変えない。

手は動かさない。スロットルもそのまま。北へ向けた機首方位は変えない。リラックスした姿勢で無線を聞き流している。

『繰り返す、お前をロックオンしている。こちらの指示に従え。速度をおとせ』

「〈牙〉」

アフターバーナーの燃焼で、ビリビリ震えるコクピット。

その後席から女が言う。

ついさっき、男がアメリカの戦闘機へまっすぐ機首を向け、スロットルを全開した時には「何をする!?」と驚いた。

やっていることが理解出来ない――そう言いたげな声の調子だ。

「追いつかれるぞ、どうする」

「――――」

「〈牙〉?」

「――クク」

男は、感情を抑えるかのように小さく喉(のど)を鳴らす。

笑いをこらえるかのような声音。

『繰り返す、指示に従えっ』

ヘルメットのイヤフォンに声は響く。アメリカ人パイロットの英語だ。『オベイ・マイ・オーダー』というアクセントはきれいだが、言葉を区切るたび呼吸音が混じる。肩で息をしながら呼び掛けて来るのが、手に取るようだ。

「クク」

「何が可笑(おか)しい、〈牙〉?」

同空域　低高度
F22コンドル編隊　三番機

『――エリス中尉。中尉っ』

耳に響く叫び声。

誰かが呼んでいる。

『起きて下さい、中尉っ!』

うるさい……。

何だ、このうるさく呼ぶ声——

『中尉っ！』

「——う」

何だ、この不快感は。

うるさい、とつぶやき掛け、そこで意識が戻った。

ブォオオオッ

途端に、風を切る響きが耳を打つ。

何だ。

(——————)

ガブリエル・エリスは顔をしかめ、薄目を開いた。すぐ目の前に、激しく流れる何かが見える……。何だ、これは——？

ブォオオオッ

何かが、斜めに黒く流れている。身体が横向きに押しつけられている。身じろぎしようとすると動かない。右方向へ、強く押しつける力が働いている——

「──う⁉」
『手を離すんですっ』
イヤフォンの声が、強く促す。
『フラット・スピンに入ってる！　手を離せ、このままじゃ海面に突っ込むっ』
「⁉」
海面……？
目を、無理やりに開く。
くらっ、とする。すべてが横向きに、強烈な勢いで回転している。
何だ。
そ、そうか。
ここはコクピットだ。わたしは……。
『中尉、手を離して！』
さっきわたしは、積乱雲に突っ込んだ。機体が猛烈に回転し、それで──
ガブリエル・エリスはハッ、と目を見開く。
手の感覚。自分の右手が無意識にか、操縦桿を強く握り締め、左側一杯に倒している。
積乱雲の中で姿勢を回復しようとして、そのまま気を失ったのだ。

強烈な横Gの原因はこれか……！

「……くっ」

F22コンドル編隊　四番機

「中尉っ」

一分ほど前、積乱雲の底から下方へ抜けおちるように、二機とも一緒に回転しながら吐き出された。暗闇の宙へ放り出され、自分はすぐに姿勢を回復出来たのだが――

ポール・フレールは無線に呼び掛けながら、闇の中をクルクル廻って落下するもう一機のF22を追い、旋回降下していた。

不規則に回転し続ける三番機――エリス中尉の機体は、積乱雲から抜け出してもフライバイワイヤ・システムに変な力が加えられ続け、すべての動翼が機体を水平に回すように働いているようだ。

中尉は、雲中で失神したのか――!?　機体コントロールを回復しようとしない。呼んでも応答しない。このままではあのF22は、回転する平たい石のように真下の海面へ突っ込んでしまう。

フレール少尉に出来ることは、気を失っているらしい自分の編隊リーダーに呼びかけるだけだった。

「中尉、起きて——起きて下さいっ」

揚力をほとんど失い、回転しながら真下へおちていく三番機の周囲を、少尉は先ほどから垂直旋回で廻りながら追っている。

フレール少尉の機も、九〇度バンクで主翼がほとんど真横を向いているため上向き揚力は無く、三番機と同じくらいの降下率で真下の海面へおちかかって行く。視界には縦向きに真っ黒い水平線が流れている。その水平線の少し上に、クルクルとフラットに回転するエリス中尉のF22。

だが何度目かの呼びかけで、息を吹き返したか。

フラット・スピンに陥っていた機影は、身じろぎすると逆方向へバンクを取るように、回転を止めた。

「そ、そうです」思わず叫んだ。「そうだ手を離してっ」

先ほど、自ら体験した通りだ。操縦不能になったら操縦桿から手を離す——それが最も効果的なF22の姿勢制御回復法だ。フライバイワイヤ・システムが勝手に水平飛行へ戻してくれる。

しかしその間の数秒は、機体を引き起こすことが出来ない。

「――う」

フレール少尉は視界の左横からせり上がるように迫る、巨大な黒い『壁』のようなものを頬に感じた。ヘッドアップ・ディスプレーの高度スケールは、わずか五〇〇フィート。減り続ける――このままでは自分も一緒に海面へ突っ込む。

F22コンドル編隊　三番機

「シット！」

右手を操縦桿から離した途端、斜め横向きに流れていた前面視界が目の前でぐうぅっ、と動くのをやめ、止まった。身体を横向きに押さえつける力が消え、また頭がくらっ、とする。

だが顔をしかめる暇も無い、今度はヘッドアップ・ディスプレーの下側に赤い縞模様が現れ、明滅し始めた。

『プルアップ』

音声警告だ。

『プルアップ、プルアップ』

地表接近警報……!?

回転は止まったが、この身体が浮くような感覚――気持ち悪い、自由落下か……!

くそっ。

ガブリエル・エリスは、ようやく感覚の戻った右手で離していた操縦桿を摑み、左手でスロットルを摑んだ。レバーはいつの間にか中間位置へ引かれていた。自分でそうしたのか、憶えが無い――構わずにスロットルを一杯に前へ出す。エンジンは廻っているのか、分からない。廻っていなければ、このまま海面に叩きつけられるだけだ……!

キイイインッ

電波高度計のデジタル表示が、HUDの下端に現れる。通常は着陸の時にだけ出て来る数字だ。海面まであと一〇〇フィート、七五、五〇――

「上がれっ」

噴き上がる推力が背中を押してくれるのを感じながら、操縦桿を引く。

F22コンドル編隊　四番機

(――!)

ポール・フレールは目を見開いた。視界の斜め前方で、黒い海面に呑み込まれる寸前、三番機は機首を上げ上昇に転じた。

蒼白い閃光が双発のノズルから噴き出し、黒い波濤を蹴るようにして、黒いラプターは暗視ゴーグルの視野の中へ浮き上がって来る。

よ、よし……。

フレール少尉が息をつく暇も無く、三番機はそのまま機首をさらに起こして、急上昇に移る。

「——あ、ま、待って」

中尉は息を吹き返したのか。

とりあえず、真横へつこう。

自分もスロットルを出して全開、操縦桿を引いた。上昇する三番機を、右後方やや上の位置から追いかける。少し高度差があったから、機首姿勢をいったん下げ気味にすると、位置エネルギーの差が速度に変換されて追いつける。

その操作をしながら、ようやく周囲を見回す余裕が出て来る。

ここはどこだ……。

海面近い低空まで降りてしまった。息を吹き返したエリス中尉が、ただちに推力全開で急上昇に移ったのは本能的な行動だろう——速度も高度も無い状態は、戦闘機として脆弱過ぎる。とりあえずエネルギーを得る。

現在位置は――？

急上昇する三番機の真横へ、後方から追いつきつつ、戦術情報画面を見やる。積乱雲を吐き出されてから、まったく見る余裕がなかった。

（――奴は）

あの紅い菱形は……？

だが
（……!?）

少尉は眉をひそめる。

変だ。

画面を一瞥し、違和感を持った。何だろう。何かおかしい――そうだ、空間がスカスカ……。

表示されていた無数の飛行物体が、いなくなっている。

どうしたんだ。データリンクの故障か……？　積乱雲の中でもみくちゃにされ、衛星とのリンク機能が途絶したのか。

「……いや」

考えかけた時、右前方を行く三番機に追いついた。

「エリス中尉」

リーダーを呼んだ。

F22コンドル編隊　三番機

『エリス中尉、大丈夫ですか』

「────」

ガブリエル・エリスは、海面との激突を避けて上昇へ移った後も、しばらくはマスクの酸素を激しく吸って、言葉が出なかった。

ドドドドッ、と逞しい響きが背中を押し、F22は再び暗黒の天空へと駆け上って行く。

視力は回復して、ヘッドアップ・ディスプレーがはっきり見える。高度スケールは流れるように増加して行く──機体姿勢はピッチアップ四〇度、速度マッハ〇・八。

シュウッ、シュウッとエアを吸い込む響きが、自分でもうるさい。うるさいが身体中に早く酸素を行き渡らせなくては──

『中尉？』

呼び掛けてくれるフレール少尉の声にも、すぐ応えることは出来ない。

だが

心の中では、ずっと一つのフレーズを言い続けていた。

猫のような目で、頭上の暗闇のあちこちを睨んだ。

あの野郎っ、どこへ行った……!?

（――あの野郎）

わたしは嵌められたのか。

さっきは奴――あのスホーイの背中に食らいつくことばかりに集中させられ、積乱雲の中へ突っ込まされた。見事に嵌められた。

目の前が真っ黒になった瞬間、事態を悟って『しまった畜生……!』と思ったのだ。

それは半分、自分自身への怒りだった。

このわたしが嵌められる……!?

何とかして雲から脱出しようとした。猛烈な乱気流に巻き込まれ翻弄された時は、下手に操縦しようとせず、操縦桿から手を離してしまう方が得策だ。F22の性能と特性は理解していた。しかし、意地がそれを許さなかった。何とかして姿勢を建て直し、雲を離脱し奴を追い続けようとした。

（――――）

ガブリエル・エリスはマスクの中で歯ぎしりした。

馬鹿だった。無理に操縦しようとしたため、機体はかえって激しい発散運動に陥って、凄じい運動Gが襲い、押し潰されかけて失神したのだった。


あの野郎、どこへ行った……!?


「フレール少尉」

まだ肩で呼吸しながら、四番機の呼び掛けに応答する代わりにガブリエル・エリスは訊いた。

「わたしの戦術画面がおかしい」

『えっ、は、はい』

「奴はどこ――いや」

いや待て。

ディスプレーが故障したのか……? そう思わせるくらい何も映っていなかった左側の戦術情報画面が息をつく感じがして、次の瞬間パッ、と表示が戻った。

自機シンボルのずっと右手に、二つの緑の菱形。そして少し離れて紅い菱形。さっきまで画面の中を行き交っていた無数の白い菱形は、姿を消している。

映っているのは――友軍機と奴だけか……?

同時に
『繰り返し警告する』
ヘルメット・イヤフォンに別の声が入った。
『国籍不明機に告ぐ。お前の五マイル後方につけている。もう逃げられん、アフターバーナーを切り、速度をおとせ』

F22コンドル編隊　一番機

「繰り返す、お前はもう逃げられない」

速度、マッハ一・八。

警告を繰り返すネルソン少佐の戦術情報画面で、紅い菱形は正面の位置にあり、次第に引き寄せられるように近づいて来る。

一〇〇ノット近い相対接近速度だ。

もうヘッドアップ・ディスプレーの中では、肉眼でも未確認機の後ろ姿が見える。緑の四角形に囲われ、ピンクの焔が瞬いている。ミサイル弾頭の赤外線シーカーの『視野』を示す輪が、それを囲んでいる。暗視ゴーグルの中で目を凝らすと、焔は二つ並んでいる。

双発エンジンだ――

「こちらの誘導に従え。後方からロックオンしている。逃げたら撃つ」

少佐は視線を下げ、兵装表示にした下側MFD画面で、左右の胴体脇ウェポン・ベイから露出させた二発のAIM9Xが『READY』表示になっているのを確認した。右手の操縦桿でトリガーを絞れば、すぐ胴体脇からサイドワインダーが前方へ向けて跳び出し、赤外線の眼で捉えた標的に命中する。

脅しでは、ないぞ――

戦術情報画面へ目を移す。さっきE3Aに『索敵情報を切れ』と指示したので、余計な飛行物体はすべて画面から消え、表示されていない。

映っているのは、この機のレーダーが捉えた空中目標――紅い菱形と、編隊間データリンクによってリアルタイムに送られて来る僚機の位置情報――緑の菱形だけだ。すっきりしていい。今まで、民間機の群れの下に紛れて隠されていたのか、三番機と四番機のシンボルが見つかった。何だ、左手方向一五マイルくらいの位置にいるぞ。奴を追っていったはずだが……こいつらは何をしていた?

(まぁいい、未確認機は俺がもう捕捉した)

すぐ正面に浮かぶ紅い菱形は、真北へ向かって逃げている。中国大陸沿岸まで逃げ延びるつもりでいたのか……？

　ベトナム軍の攻撃を成功させてやるという任務は、遂行出来なかった。しかし、こいつを強制誘導してスービック基地へ連行出来れば。

　それで中国に対する交渉カードが手に入る。外交によって、人工島での軍事基地建設を凍結させることが出来る――

　たった一機で襲撃してきた戦闘機……。正規軍のやり方ではない。中国共産党の雇ったプロフェッショナルかも知れない。だがそういう人間なら、自分の生命が危うくなるような真似はしないだろう……。

　考えていると、ヘッドアップ・ディスプレーの緑の四角形の中でピンクの閃光がフッ、と消えた。

　奴がアフターバーナーを切った。

9

南シナ海　ファイアリー・クロス礁北方一二〇マイル
〈亜細亜のあけぼの〉スホーイ27

男がスロットルを戻したので、後席から女が叫んだ。

「――〈牙〉!?」

「貴様、何をする」

だが
「――――」

男は表情を変えない。細められた鋭い眼は、前方の暗闇を見据えたまま。

背中からビリビリと機体を押し続けていたアフターバーナーが燃焼を止め、身体が前へのめるような感覚。

それどころか、男の手はそのままスロットル・レバーを一番手前――アイドル位置まで戻してしまう。

エンジンの唸りが低くなる。

ヘッドアップ・ディスプレーの速度スケールが、震えながら減り始める。マッハ一・〇をたちまち切っていく。

「き、〈牙〉っ」

カチャッ、と金具の音がした。

後席で素早く動く気配。

「敵の軍門に下るつもりかっ」

「――おちつけ玲蜂」

男は前を見たまま、静かな声音で言う。

「そんな物は、しまえ」

しかし、何かが右の背後から首筋に突きつけられる。

「〈牙〉」女のアルトの声が、唸る。「敵に捕らわれるわけには行かぬ」

「捕まる気はない」

「ではなぜ、速度をおとすっ」

「――」

男は、それには応えず左手でスロットルを中間推力へと戻す。再びエンジン音が唸り始める。減っていた速度スケールがマッハ〇・九〇で止まる。右手の操縦桿で、高度が一五〇〇〇フィートから下がらぬよう機首姿勢をわずかに直し、さらに左へバンクを取って、機首方向を一〇度ほど左へ調整する。

針路を直し終えると、後席から伸び上がった女が自分の首筋に押しつけている銃口を、振り向いて見た。

女の顔も見た。


「今回の〈仕事〉は」

軍用拳銃の銃口を首筋に押しつけられても、男は表情を変えない。後席から睨みつけて来る切れ長の眼を見返し、続ける。

「お前の祖国のための作戦ではないだろう、なぜ死ぬ必要がある。玲蜂」

「捕まって素姓を知られるなら自害しろ、と言う命令だっ」

「捕まりはしない」

低い声の調子を変えず、男は応える。

シュウッ、シュウとマスクのエアの音が響く。逆に突きつけられた銃口の方が、微かに震え始める。

「ゆっくり呼吸しろ。今度は酸素の吸い過ぎで、過呼吸になる」

「う、うるさい」

「いいか玲蜂。どのみち全速で逃げても、追いつかれるか撃たれる。アメリカ軍に捕まるつもりはない、席についてハーネスを締めろ」

ピピッ
前席と後席、それぞれの計器パネルで赤い輝点が明滅する。

輝点は、円型スコープの六時方向――真後ろの位置だ。反応は強い。明滅しているのは『射撃照準レーダーにロックオンされている』と知らせる警報だ。

『よし国籍不明機、それでいい』

二人のヘルメット・イヤフォンに英語の声が同時に響く。

『それ以上、針路を変えるな』

ピピッ
ロックオン警報は鳴り続ける。

「あいつらが追いついて来る」

男は言った。

「席について、ＥＣＭコントロール・パネルを準備しろ」

「ＥＣＭ……？」

「そうだ」

F22コンドル編隊　一番機

「後方から二機で狙っている。現在の針路と高度を維持しろ」

未確認機が速度をおとしたので、急速に追いついて行く。

ネルソン少佐もスロットルを絞り、速度をおとさなくてはならなかった。下手をすると速度性能の良いF22は、たちまち未確認機の前方へオーバーシュートしてしまう。

こいつは――

前方の暗闇から、シルエットが大きくなる。暗視ゴーグルの視野の中にはっきり浮かんで見える。双尾翼の後ろ姿――スホーイ27シリーズだ。間違いない。

「お前の右横に並ぶ。僚機が後方から狙っている。こちらの指示に従って飛べ」

日頃の〈対領空侵犯措置〉では、相手機の左側に並ぶものだが……。

少佐は考えた。

マニュアルの通りにやろうか。

だが追いついて接近していくと、未確認機――一匹狼の殺し屋のようなスホーイ27は、微妙に左へ針路を振っていた。

（ええい）

左右どちらでも、この際、構うものか。

「いいか。急機動で逃げたり、下手な真似をすればただちに撃墜する。いいな」

酸素マスクのマイクに告げながら、バックミラーへ眼を上げると。

後方の空間で、クレーン大尉の二番機がやや高度を上げ、同時に後方へ下がるのが見えた。所定のバックアップ・フォーメーションだ。

さすがだ……。細かい指示をしている暇はないが、後方につき従うクレーンは優秀だ。国際緊急周波数で俺が話す内容を聞き取り、自分の役割を理解して、適切なポジションについた。

これで奴が下手な挙動に出れば、後方からただちにＡＩＭ９Ｘで狙い撃ちだ――

二番機の態勢を確認する間にも、少佐のＦ22は追いついていく。

斜め後ろから見たスホーイ27の機影が、キャノピー左横の位置へ、暗闇の前方からバックするかのように近づいて来る。

速度は、マッハ〇・九〇――指示に従ってアフターバーナーを切り、減速したのだ。

少佐は追い越さないように、さらに少しスロットルを絞ると、左手の親指の操作で一瞬だけスピード・ブレーキを使った。

（――――）

身体が前にのめり、ハーネスが肩に食い込むと同時に相対位置がぴたり、止まった。

並んだ——今、奴がキャノピーの左斜め前、間合い一〇〇フィート（三〇メートル）に浮いている。

暗視ゴーグルの視野に、はっきりと機体形状が見て取れる。スホーイ27フランカーだ。ゴーグルのせいで、緑がかって見えるが、実際はブルーグレーの制空迷彩だろう。コクピットは複座。ロシアでは〈ジュラーヴリク（鶴）〉と呼ばれるらしいが、主翼から機首にかけて流れるようなストレーキを持つ独特のフォルムはヌメッとしていて、海中を泳ぐ鮫を想わせる。尾部には太い二本のノズル。双尾翼。

そして——

所属を示すマークを、つけていないぞ……。

少佐は眉をひそめた。

「おい」

同空域
F22コンドル編隊　三番機

「――！」

急上昇する三番機。

戦術情報画面の右手の方で、〈CD1〉と表示された緑の菱形が紅い菱形に追いついて並んだ。

その様子を目にして、ガブリエル・エリスは操縦桿を右へ倒し、急上昇し続ける機体を右へひねった。

紅い菱形が、進行方向正面へ来るように。スロットルは全開のまま。アフターバーナーの推力によりラプターはたちまち一〇〇〇〇フィート以上の高度へ駆け上り、速度も音速を超えるところだ。

『中尉？』

バックミラーの中で、四番機が慌てて右バンクを取り、追従して来るのが分かる。

ヘルメット・イヤフォンにポール・フレールの声が入る。中尉は何をするつもりですか――？ あるいは、紅い菱形が少佐機を簡単に横へ並ばせたのはどういうわけですか？

短い問いで両方訊いている感じだ。

そうだ。

ガブリエル・エリスも眉をひそめる。

おかしい。

（――あの野郎が、少佐を簡単に横へ並ばせるわけがない……！）

奴はどういうつもりだ。

駆けつけて、側方から押さえ込む。

とりあえず、そうするしかない――！

『おい、聞こえるか』

2番UHF無線に、ネルソン少佐の声。

〈亜細亜のあけぼの〉スホーイ27

「〈牙〉っ。アメリカ機だ、並ばれたぞ」

後席で女のヘルメットが右後方を振り向き、暗闇の中から現れた機影に声を上げる。

キャノピーの枠に取りつけたミラーの視野にも、女のヘルメットの向こうに黒い機影が映り込む。

アメリカのF22ラプターだ。前方から見ると、ずんぐりしたシルエット。

「おちつけ」

『国籍不明機、聞こえるか』

無線に入る声が近い。

英語か……。

一瞬、目を閉じる。

男は英語を、母国語のように操れる。いや、実際に幼少期には母国語のようなものだった。母親が生きていた頃、英語で話していた。

『おい、応答しろ』アメリカ人パイロットの声は問うて来た。『お前の所属はどこだ』

「――――」

男は細く目を開き、中央のミラーに視線を上げた。

後席から女が見返して来る。その目が『あそこに食いつかれたぞ』と訴える。

「玲蜂。ECMパネルを見ろ」

男は構わずに訊く。

「さっきからロックオンされている、データは取れているな」

ミサイルは撃ち尽くしていたが。男の機体は胴体中心線後方に、ECMポッドを取りつけていた。今回の〈仕事〉に必要だとして、『依頼主』に要請して提供させた代物だ。ロシア製の純正品だが、型はやや古い。

「取れている」

女はミラーの中でうなずく。

「ポッドが、自動的に敵のレーダー・パルスを採取している」

「では」

男は、右斜め後方に浮いているF22ラプターをちらと見た。

「俺が合図したら、向こうのレーダーにジャミングをかけろ」

「しかし、相手はF22だ」女は言い返す。「レーダー探知を目くらまし出来るとしても、五秒がいいところだ」

「五秒か。クク」

男は喉を鳴らす。

鋭い視線を、また前方の暗黒へ向ける。目を細める。

「それで十分だ」

『お前の機体には、国籍マークが表示されていない』

アメリカ人パイロットの声。

『所属を明らかにしろ。お前はどこから来た?』

クク——喉を鳴らすと、〈牙〉と呼ばれた男は左手で無線の送信ボタンを押す。

初めて、応答を返した。

「そんなはずはない」

英語だ。

「アメリカ人、よく見てくれ。垂直尾翼に国籍マークを表示してある」

『何？』

アメリカ人パイロットの声が訝る。

『垂直尾翼だと』

「そうだ」

男は応えながら、革手袋の左手でスロットル・レバーを握り込む。親指を、レバー側面にいくつかあるボタンの一つに載せる。

「近づいて、よく見てくれ」

F22コンドル編隊　一番機

（……垂直尾翼？）

ネルソン少佐は、聞こえてきた声に、思わず左前方の機影を見た。

奴の〈声〉は初めて聞いた。低い、冷静な感じ。機械による変調などはされていない、肉声のようだ。

だが
中国人では、ないな……。

こいつは何人だ……?

また眉をひそめた。

(中国系特有の、怒鳴るような話し方を予想していたが……)

聞こえてきた冷静な物言い。自分と同じ、きれいな英語といっていい。

しかしアクセントは、今の時代にアメリカ国内で暮らしている人間のものではない。だからといって、外国人が後から習って習得した英語でもない。

「どこだ」

少佐は聞き返した。

未確認機の機体と型式は確認出来た。だが乗っている男の素姓に見当がつかない。

まさか、傭兵か。金で雇われた欧州系の職業軍人か……? 思わず、耳に神経を集中して素姓を探ろうとしてしまう。

「どこだ。マークは見えん」

『垂直尾翼の根もとだ、近寄れば分かる』

「何――」

少佐は、流麗な機影の尾部にゴーグルを向け、尾翼の根もと辺りを注視した。

その瞬間。

シュババッ

暗視ゴーグルの視野が突然、真っ白に染まった。

「――う、うわっ⁉」

目が……！　少佐はのけぞった。何も見えない――物理的打撃を食らったかのように、後頭部をキャノピーにがんっ、と打ちつけた。

何だ、眩（まぶ）しい、目が――！

「ぐわ」

く、くそっ……！

F22コンドル編隊　二番機

「――少佐っ⁉」

閃光で、前方の暗闇が真っ白に染まった。

クレーン大尉は、雁行して並ぶ二機から半マイル後方のやや高いポジションに占位し、様子を見守っていた。

何かあったらただちに対応出来るよう、暗視ゴーグルの視野の真ん中にスホーイ27の機影を据え、注視していた。

2番UHFで交わされる会話にも聴覚を集中していたが。

ふいに続けざま発火する仕掛花火のような閃光が、スホーイの尾部から迸(ほとばし)り出た。両側へ激しく——

「うっ、くそ」

クレーンも思わず顔を背けた。

ゴーグルの視野は真っ白く染まり、しみるような痛覚が襲う。思わず両手でゴーグルを摑んで、かなぐり捨てた。

フ、フレアかっ……!

F22コンドル編隊　一番機

ドンッ、とアフターバーナーの点火する衝撃がすぐ左横で空気を震わせ、機体を右側へ押しのけた。傾く――――！

「くそっ！」

ぐらっ、と傾ぐコクピットで、ネルソン少佐は思わず右手に握った操縦桿のトリガーを人差し指で絞った。

ドシュンッ
ドシュッ
思い切り引き絞ると、機体の両脇下から二発のミサイルが前方へ撃ち出される。射出の反動で機体がまたゆさゆさっ、と揺れる。

しかし
(――し、しまった……！)

心の中で舌打ちする。

しまった。やられた、と思い、反射的にトリガーを絞り発射してしまった……！

「く、くそ」

奴は逃げたか……!?

今、アフターバーナーの焚かれる衝撃波をもろに受けた。

反射的にミサイルは発射した。

しかし、ほとんど横に並んでいた上、至近距離でフレア（欺瞞熱源）を放出され、機体両脇のAIM9Xのシーカーも盲目状態になったはずだ。

どのみち誘導なんか利かず、あさってへ跳んでいったに違いない――

「――クレーン、撃てっ」

少佐は叫んだ。

いかん、無線の送信スイッチはどこだ。手を離してしまった。

左手でスロットルを探り当て（まだ視野が真っ白で何も見えない）、親指で送信ボタンを押し、再度命令した。

「クレーン、撃墜していい。奴を撃墜しろっ」

逃がすな。

あんなテロリストを野放しにして逃がせば、また中国の手先となって――

少佐は歯嚙みした。

たった今視野を真っ白にした閃光の正体は、フレアだ。

熱線追尾ミサイルに追われる戦闘機が、ミサイル弾頭の赤外線シーカーの目をごまかすため後ろ向きに放出する欺瞞用熱源――一種の強力な花火だ。

（何という、馬鹿な……！）

少佐は自分自身に腹を立てたが、まだ目の前は真っ白で見えない。さっきのミサイルの噴射炎どころではない、暗視ゴーグルで強力な花火を、至近距離からまともに見たのだ。防眩機能の働く暇もない。

「追え、クレーン」

F22コンドル編隊　二番機

『追え、クレーン。撃墜しろ、逃がすな』

「ツ、ツー!」

クレーン大尉は、無線に応えると、とりあえず左手でスロットルを全開にした。背中でドンッ、とアフターバーナーが点火し、背中がシートに押しつけられる。

しかし

(く、くそっ、どっちへ逃げた……!?)

暗視ゴーグルをかなぐり捨ててしまったので、外界が肉眼ではまるで見えない。

顔をしかめて見回すと、ピンク色の焔が、視野の左上の方へ吹っ飛ぶように遠ざかるのがかろうじて感じられた。

あ、慌てることはないっ……。

目をしばたたきながら、右手の操縦桿で機首を左上へ向ける。

探知能力も飛行性能も、こちらの方が上なのだ——

グォングォン、と双発のエンジンが唸り、機体を上昇させながら加速させる。ヘッドアップ・ディスプレーのスケールが読めなくとも、背中をシートへ押しつけるGで加速しているのは分かる。

ざぁああっ、と再び風防を風切り音が包む。

『コンドル・リーダー、コンドル・リーダー、スカイネットです』

無線の1番に、E3Aの要撃管制官の声。

『どうされましたか』

どうされましたか……？

こいつ、そう訊くしかないのか。

しかし十秒に一回しか空間をスイープしないAWACSには、戦闘機同士が動き回って戦い始めると、わけが分からなくなるのだ。要撃管制官がとぼけた訊き方をして来るのも無理はないか——

「スカイネット、コンドル・ツーだ」

　クレーンは送信を1番UHFにして、通告した。

「これより未確認機——いや敵機を撃墜する。交戦規定上の要件は満たし、編隊長の命令も出ている。ウォッチしていてくれ」

『りょ、了解』

　敵機を追えるように誘導してくれ、とは頼まなかった。

　十秒前の位置しか分からないのだ。また混乱させられる。

　俺の機のレーダーだけで、奴を再度、捕捉し直せるはずだ——

　クレーンは、右手で機首をだいたいの方向へ保持しながら、左手でたった今かなぐり捨てた暗視ゴーグルを探って見つけ出した(膝の上におちていた)。

　片手で、ヘルメットの上から装着し直す。

　同時に
　ピッ
〈SRM〉モードにしていたAPG77が標的を再発見し、同一の飛行物体と判定して自動的に再ロックオンした。

　ゴーグルでようやく、視界が戻る。

　見える。ヘッドアップ・ディスプレーでは機体は機首上げ姿勢、ぐんぐん加速しながら上昇している。高度スケールは三〇〇〇〇フィートを超す。

ピピッ

上昇姿勢のHUDの視野のほぼ中央、緑の四角形が浮かび出て、ちらちらと光るピンクの焔を囲んだ。

いた。

そんなに離されていない、四マイルくらいか——？

戦術情報画面でも確認する。確かに四マイル先だ。こちらが優速で、少しずつ近づく。

『FOX2 LOCK』の横に『IR』の表示も出る。レーダーだけでなくIRSTでもロックオンしている。

（——逃げられるものかっ）

間もなく射程内だ。下側MFDをちらと見る。兵装画面で、二発のAIM9Xミサイルの横に『READY』の表示。弾頭シーカーが二発とも、敵機の排気熱を捉えている。これでHUDに『IN RNG』の表示が出次第、トリガーを絞り発射すればいい——

その時

「ん」

クレーンは目をすがめた。

暗視ゴーグルの視界。ピンクの焔が進む先に、巨大な壁——というか山のようなものがそそり立っている。

あれは。

積乱雲か。

奴は、雲に跳び込んで逃げるつもりか……？

それはたちまち、灰色の壁のようになり視界に迫って来る——見上げるような、天頂部が五〇〇〇〇フィートを超す巨大積乱雲だ。ぐんぐん近づく。ＨＵＤの視野が灰色の壁のようなもので一杯になる。

ピンクの焔——アフターバーナーを焚く後ろ姿は、そのまま直進して巨大な灰色の壁へ吸い込まれるように近づいていく。

クレーンのラプターも、追いすがって巨大なそそり立つ壁に接近する。

「に、逃がすものかっ……！」

〈亜細亜のあけぼの〉スホーイ27

「——クク」

男はバックミラーに目を上げ、真後ろに迫って来る蒼白い光を見た。

Ｆ22が、アフターバーナーを焚いてくれている……。お陰で、暗闇の中でも容易に位置を把握出来る。

「玲蜂、今だ」

10

南シナ海　ファイアリー・クロス礁北方一四〇マイル
〈亜細亜のあけぼの〉スホーイ27

「今だ、ジャミングをかけろ」

男は指示すると、同時に手足を素早く動かした。

リラックスした姿勢からは考えられない、目にも留まらぬ挙動。操縦桿が左へ倒され、長い脚がラダーペダルを踏み込む。

グルッ
瞬間的に、視野が左回転して九〇度傾く——目の前の灰色の巨大な壁が九〇度、グルッと廻る。続けざまに操縦桿が引かれ、機首が急激に上がる。

強烈な下向きG。

ずざざざぁっ

「――――」

「うぐ」

後席から女のうめき。腹を殴られたような苦痛の声。

だが男は構わず、操縦桿を引き、機首を上げ続ける。前方視界を上から下へ灰色の壁が激しく流れ、頭上から星空が降って来る。バンク九〇度――機首の下すれすれを、積乱雲の側面の『壁』が前方から脚の下へ激しく流れる。

ゴォオオオッ

鮫のようなシルエットのスホーイ27は、暗黒の中に浮かんでそびえる巨大積乱雲に突っ込む寸前、身をかわして左旋回した。そのまま左右の翼端を天と地に向けた姿勢で、そそり立つ灰色の壁すれすれに進んだかと思うと、次の瞬間、ひらりと機体を翻した。

グルッ

再び前方視界が回転し、一八〇度廻る。機首の下すれすれを流れていた灰色の壁が、今度は頭の上――キャノピーの上すれすれを激しく流れる。

ズゴォオオッ

「――――」

男の手で操縦桿は引かれ、機体はバンク角九〇度のまま、巨大積乱雲の外周すれすれを巻くように飛んだ。

F22コンドル編隊　二番機

「何っ」

クレーン大尉のヘッドアップ・ディスプレーで、『IN RNG』の表示が浮き出た瞬間。

ピンクの焔を囲んでいた緑の四角形が息をつくように明滅すると、フッと消えた。同時に『IN RNG』の表示も消えてしまう。

どうした。

ロックオンが外れた……!?

まさか――

だが戦術情報画面へ視線を下げ、確かめる余裕は無い。

前方視界で、迫り来る巨大な灰色の壁を前に、ピンクの焔を曳くスホーイ27の後ろ姿はクルッ、と左へ向きを変えた。

(何)

流線型のシルエットはツツッ、と積乱雲の『壁』のすぐ手前を這うように左方向へ向かう――そう思わせた直後、今度はひらっ、と身を翻し、急旋回で巨大な雲の向こう側へ廻り込んで隠れてしまう。

姿は見えなくなる。

「く、くそ待てっ」

冗談ではない、灰色の壁が迫る。まともに突っ込んでしまう――！

クレーン大尉は息を止め、目を見開きながら右手の操縦桿を叩くように左へ倒した。

F22ラプターのフライバイワイヤ・システムは機敏に反応した。パイロットの入力した『強く速い』操縦桿操作に呼応して、システムはまず両主翼後縁のフラッペロンを上下に動かし、同時に水平尾翼にも左右で互い違いの舵角を取らせ、二枚の垂直尾翼のラダーも機体に左ロールの回転を与えるよう一斉に右へ向け、さらに双発エンジンの推力偏向ノズルも左右互い違いに上下させてロール・モーメントを発生させた。

すべてが同時に行われ、黒いラプターの機体はほぼ瞬時に、九〇度左へロールした。

グルッ

「――ぐ、ぐわっ」

叩きつけるような運動Gで、クレーン大尉はハーネスをしているのにキャノピー右側の内面にヘルメットの頭をぶつけそうになる。

く、首が……！

一瞬、目の前が白くなる。

く、くそっ……。

だが気を失うわけに行かない、歯を食い縛り、続いて操縦桿を引く。カチン、と当たるまで思い切り引く。

途端にざざざぁあっ、と凄じい風切り音がして機首が起き、九〇度傾いた前面視界が上から下へ激しく流れ、星空が頭上から降って来る。

ズグォッ

黒いラプターは、左へ九〇度バンクした姿勢のまま、巨大な灰色の壁に突っ込む寸前で機首を引き起こした。翼端から水蒸気を曳きながら、そのまま積乱雲の表面すれすれを機体の腹で擦るように飛ぶ。

「くそっ、まだだ……！」

奴は、巨大な雲の向こう側へ廻り込んで隠れた――

機体を裏返しにして、雲の裏側へ廻らなくては……！

クレーンは肩を上下させ、シュウッ、シュウと酸素を吸うと、再び操縦桿で機体を右へロールさせた。

前方視界がグルッ、と回転して巨大な灰色の壁が頭上に被さる。操縦桿を引き、積乱雲の外周に沿って旋回していく。

（や、奴は）

奴はどこだ……!?

さっきロックオンが外れたのは——

酸素マスクを加圧モードにする。強制的に喉へエアを送り込みながら右へ九〇度バンク、下向きGをかけて旋回しながら戦術情報画面にちら、と目をやる。思った通りだ——奴はこちらのレーダーにジャミングを掛けやがった。

戦術情報画面から紅い菱形が姿を消し、代わりに『WRNG　ECM』という警告メッセージが明滅する。『レーダーが妨害に遭っている』と知らせる。

あのスホーイ27はECM装備を持っている。こちらのレーダー・パルスを採取して周波数と波形を解析し、それを打ち消すパルスを打ち返して来た。

パルスが打ち消されると、一時的にレーダーは何も探知出来なくなる。

だがラプターの装備するAPG77は、その程度の妨害など意に介さない。ジャミングを察知すると、ただちに自機の索敵パルスの周波数を自動的に変更し、妨害の影響を排除してしまう。パルスの周波数変更には五秒もあればいい。

見ているうちに『WRNG ECM』のメッセージは消えた。

(よし、見つけ出せ)

兵装選択は〈SRM〉のままだ。そう遠くへは逃げていない、見つけ次第、AIM9Xをぶち込んでやる……!

六Gをかけて、そそり立つ積乱雲の外周――稜線のすぐ外側を廻っていく。でかい雲だ――まるで雪山じゃないか……。奴は俺を、この雲へ誘い込んで突っ込ませようとしたのか……? 馬鹿め、そんな手に乗るものか。

どこへ逃げた。たった今、この雲の裏側へ廻り込んで隠れたはずだ――距離は三マイルぎりぎりだった、そう遠くへ行けたはずはない。

(奴は、レーダーの捜索コーンの上方に居るのか……?)

互いに九〇度近いバンクで、巨大積乱雲の外周を廻っているのだとすれば――

ピッ

その時、戦術情報画面に紅い菱形がぽつんと浮かんだ。

三マイルほど前方。捕まえたか……!?

しかし次の瞬間、菱形はフッと消え『WRNG　ECM』のメッセージが再び出た。

（またジャミングかっ、くそ）

手の込んだ奴……。向こうは複座だった。これだけのGをかけて機動しつつ、再度レーダーにジャミングを掛けられるのは後席搭乗員がいるからか。

こっちのIRSTはどうだ――? 巨大積乱雲が障害物となり、赤外線の目でも見失っているが……。しかし奴はアフターバーナーを焚いている。雲の水蒸気を通して、何とか探知出来ないか。

『コンドル・ツー、こちらスカイネット』

「何だっ」

ピピッ
ふいに呼んで来た要撃管制官の声に重なり、ヘッドアップ・ディスプレーの上端に緑の四角形が現れた。その横に『IR』の表示。

しめた。

『コンドル・ツー、そちらの機動をウォッチしていますが』

「今、忙しい」

クレーンは遮った。

しめた、レーダーは駄目だが、ＩＲＳＴが奴を捉えた……！

『その方角――』

「後にしてくれっ」

クレーン大尉はぴしゃりと言った。十秒も前の位置を見ている管制官が、何を言って来る……？　こっちは六Ｇかけて奴を追いかけている、無線に応えるだけで負担だ。

ピッ
見つけた。

反応は、巨大な雲の稜線の、ぎりぎり向こうか――

キャノピーの頭上すれすれに流れる灰色の壁で、ヘッドアップ・ディスプレーの上側の半分も隠されている。新たに浮かんだ緑の四角形は、激しく流れる水蒸気のぎりぎり上に浮かんで見える。機のレーダーはジャミングをクリアしようとしている最中で、戦術情報画面には何も映らないが、赤外線の目で前方を探るＩＲＳＴが標的を捉えてくれた。

さっき三マイルを切るところだった。ほとんど射程にいるはずだ……！

「レーダー無しだが、攻撃する」

最低限、ＩＲＳＴが標的をロックオンしていれば、レーダーの距離測定のアシスト無しでもＡＩＭ９Ｘは発射出来る――『ＩＮ　ＲＮＧ』表示がなくとも、パイロットが射程内と判断出来ればいい。下側ＭＦＤの兵装画面をちらと見る。左右二発のＡＩＭ９Ｘの脇に

『ＲＥＡＤＹ』の表示。

　弾頭のシーカーも奴の排気熱を捉えている。ＩＲＳＴの反応も強い。良好だ——そう思っていると、緑の四角形はヘッドアップ・ディスプレーの上端からツッ、と下がって来る。

　奴が旋回をやめた……？

　ちょうど機首方位が北北東へ向きかける。

　直線で飛び始めたか……？　そうか——雲の外周を離脱し、大陸方向へ逃げようというのか。

「そうは行くか」クレーン大尉は右の人差し指をトリガーに掛けた。「これで終わりだ。フォックス・ツー！」

　だが人差し指がトリガーを絞りかけるのと、緑の四角形に囲われた機影が積乱雲の稜線の向こうにちらっ、と見えたのは同時だった。こちらが九〇度バンクを取っているので、その機影は灰色の壁の下側に垂直に傾いて飛んでいるように見える（実際は積乱雲の真横を水平飛行している）。幅広い翼幅と、四発エンジン。

「——な、何っ!?」

　慌てて指をトリガーから離す。

な、何だこの――

『コンドル・ツー、航空路に入り込もうとしています』

Ｅ３Ａの管制官の声が、前方からぐんぐん近づく大型機の後ろ姿に重なる。

リー・クレーンは目を見開いた。

「――ば」

馬鹿なっ。

大型旅客機……!?

いったい、いつ入れ替わった……!?

『コンドル・ツー、民間機に注意を』

やばい、ぶつかる。

クレーン大尉はハッ、と我に返ると、眼前に迫って来る四発機のシルエットを見た。こちらは音速以上だ。追いついて行く。

この後ろ姿――ボーイング７４７……!?

みるみる迫る。

「くっ」

翼幅がヘッドアップ・ディスプレーからはみ出す。追突してしまう――!

　クレーンはとっさに操縦桿を左、ラダーを左へ踏み込んだ。再び前面視界がグルッ、と回転し、超大型機の主翼下面とエンジン・ポッドが二つ、キャノピーの右側すれすれに、前から後ろへ通り過ぎる。

　ががっ

　一瞬、激しく揺さぶられた。

「はぁっ、はぁっ」

　積乱雲の稜線から離脱し、暗闇の只中で水平飛行に戻すと、リー・クレーンは操縦桿とスロットルを握り締めたまま激しく息をついた。

「はぁっ」

　や、やばい。

　あれを——民間機を撃つところだった……！

（お、俺は、あれをロックオンしていたのか）

　振り向いて見やると、航行灯を点けた機影は右方向へゆっくり離れ、消えて行く。

　いったい、何が起きた。

　肩で息をしながら、クレーンはさらに左右を見渡す。

　では奴は、どこだ……!?

「……ス、スカイネット」

クレーンはE3Aの管制官を呼んだ。

無駄かもしれないが――

「スカイネット。奴は、未確認機、いや敵機はどこにいる⁉」

『こちらの画面では、アンノンはあなたの後ろです。後方、すぐ後ろ』

やはり。

「それは」クレーンは歯嚙みした。「それは十秒も前の位置――」

だが
(――⁉)

ふいに気配のようなものを背中に感じた。

何だ。

呼吸を整えながら、ミラーに目を上げる――同時にクレーンはその目を見開いた。

「――うっ」

『クク』

無線――国際緊急周波数に合わせた2番UHFか――で何者かが笑う。

「な、何」

慌てて振り向く。

「……！」

ぞっ、とした。

二枚の垂直尾翼の間。すぐ後方の暗がりに、何かがいる。浮いている。

何だ……

『ククク』

笑う声は、すぐ後方――五〇フィート（一五メートル）と離れていない、真後ろの位置に浮いているシルエットからだ。

スホーイ27の正面形……。まるで闇夜の海中で鮫を見るようだ――背後から押さえ込むように、そこに浮いている。流線型に伸びた機首の付け根で、機関砲の砲口がぴたり、とリー・クレーンの眉間に向いている。

「――う」

い、いつの間に。

『アメリカ人』

低い声は告げた。

『分かっているな。先に撃ったのは、お前たちだ』

「──!?」

『死んでもらおう。フォックス・スリー』

F22コンドル編隊　一番機

『──うわぁああっ』

ふいに無線に、悲鳴のような声が沸いた。

な、何が起きた……!?

ネルソン少佐は、まだ視力が完全に回復しなかったが、正体不明のスホーイ27に食らいついて行った二番機を追って上昇していた。

暗視ゴーグルは、迷ったが再び装着した。前方視界にそそり立つ積乱雲。

「クレーン」無線に呼んだ。「おいクレーン、どうしたっ」

『スカイネットよりコンドル・リーダー』

管制官の声が割り込んだ。

『たった今、コンドル・ツーがベイルアウトしました。繰り返します、コンドル・ツーはベイルアウト』

「──何」

同時に少佐の戦術情報画面にも、緑の菱形〈CD2〉の横に『B／OUT』とオレンジの文字が浮かび、明滅する。二番機のデータリンク機能が、自動的に『パイロットが脱出した』と伝えて来た。

少佐は息を呑む。

ベイルアウト――脱出した……!?

クレーンがか?

（いったい――くそっ）

だが考え込む余裕はない。

今の悲鳴はクレーンのものだ。それよりわずか前、国際緊急周波数で低い声が『クク』と笑うのを耳にした。あの声が、何かを宣告した。何と言った……『先に撃ったのはお前たちだ』――?

「くそ」

奴がクレーンを……!?

どこにいる。

クレーンの二番機が、奴をレーダーでロスト（失探）してから、こちらの戦術情報画面でも位置が分からない。

画面では、緑の菱形〈CD2〉は消滅していない。データリンクの信号電波がまだ来ている。何だ……。高度表示も変化していない。まさか搭乗者が脱出した後も、無人で飛び続けている……？

先ほどから二度に渡って、少佐の機のレーダーも妨害を受け、戦術情報画面に『WRN GECM』の警告メッセージが表示されていた。

今、ようやくAPG77が自動的にジャミングをクリアするところだが——

（——まずい、積乱雲だ）

前方視界、ヘッドアップ・ディスプレー一杯に、そそり立つ雪山のような巨大積乱雲が迫って来る。このままではあの『壁』に突っ込んでしまう——

迂回しなくては。

「スカイネット」

少佐はやむなく操縦桿で機首を左へ向け、巨大積乱雲を大きく迂回するように旋回しながらE3Aを呼んだ。

「積乱雲を迂回する。コンドル・ツーが浮いている方向へレーダーを向けられない、そちらの索敵情報をもう一度リンクしてくれ」

『分かりました』

「それから」マスクの中で唇を嘗めた。「脱出したクレーンの救助を要請だ」

『了解』

僚機が、脱出……。

しかし、これは秘密任務だ――おおっぴらに救助が呼べない。万一の場合、近くを哨戒中の海軍の原潜が駆け付けることになっているが……下手をすればクレーンは数日は漂流だ。

考えていると、左へ旋回するコクピットの戦術情報画面にパッ、と無数の菱形が浮かび出る。

何だ――

「――――」

画面を埋めるように列をなす、白い菱形の群れにネルソン少佐は目を見開く。

思わず、右横の巨大積乱雲を見上げる。

あの雲の向こう側だ――あの向こうに、また別の太い航空路が通っているのか。

画面では白い菱形の群れが、北北東から南南西――またはその逆方向へ列をなす。

交通量は多い。それぞれの菱形の横に、二九〇〇〇から三九〇〇〇まで様々な高度表示が付帯している。じっと見ていれば、それらがゆっくりと亜音速で移動する様子が分かるのだろうが……。

しかし
少佐は眉をひそめる。

「スカイネット、奴はどこだ」

紅い菱形が見当たらない。

どこだ——？

「奴が見えん。どこにいるっ」

少佐は雪山のような積乱雲の外周に沿って上昇しながら、今度は機を大きく右へターンさせる。前方視界がぐうっ、と反対の左へ傾き、星空が流れる。

だが旋回しながら戦術情報画面を見やっても、紅い菱形は姿が見えない。クレーンの搭乗していた〈CD2〉の緑の菱形は、そのままの飛行方向を維持して浮いている——まだ無人で飛び続けているようだ。

『こ、こちらでもロストしました少佐』

E3Aの管制官も慌てた声になる。

『最後に探知してから十秒の間に、どこかへ消えました』

「——何」

馬鹿な……。

Ｅ３Ａのロートドームは、十秒で機体の背を一周するが――レーダーのパルスがよそを向いている十秒の間に、姿を隠したというのか？

たった十秒で、ＡＷＡＣＳの探知圏外へ離脱する……？　そんなことは不可能だ。

Ｅ３Ａは遠くに滞空していて、かつ背負っているレーダーには電子妨害に対抗する強力なプロテクションがある。出力の小さな戦闘機のＥＣＭポッドなどでジャミングすることも不可能――

ならば。

『少佐』

同時に、頭に浮かんだ考えと同じことをＥ３Ａの管制官が告げて来た。

『アンノンは、航空路を航行中の民間機のどれかの陰に隠れた模様』

「――――」

いまいましさに、思わず酸素を大きく吸う。

やはりそうか。

「ど、どれだっ」

訊き返しながら、ネルソン少佐は巨大積乱雲を回り込んで反対側へ出た。高度は上昇して四〇〇〇〇フィート超、機首を回していくと、眼下に流れる航空路を俯瞰(ふかん)する。

北北東へ伸びる航空路全体が、レーダーの捜索範囲に入って来る。

自動的に、戦術情報画面に浮かぶ無数の白い菱形は、E3Aからもらっていた推定位置データから機首レーダーで探知したリアルタイムのターゲットに切り替わる。

「────」

眉をひそめる。

たくさんいる──中国大陸方向へ向かって列をなし、民間旅客機の群れが進んでいく。反対に、逆方向から来るターゲットもある。同じ航空路を高度差をつけてすれ違い、対面通行しているのだ。

『特定出来ません。しかし、いくつかの候補にマークします』

少佐が自分の機のレーダーで捉えたリアルタイムのターゲットの情報は、逆にE3Aへもリンクされ、共有される。

管制官が告げると、すぐ戦術情報画面上のいくつかの白い菱形が赤い丸で囲まれた。

『こいつらのどれかが怪しい』と伝えて来た。

三つか。

それら三つの菱形は、十秒から数秒前にかけて緑の菱形の横を通過し、中国大陸方向へ飛行している。互いにほとんど重なるように近い。高度はそれぞれ三五〇〇〇、三三〇〇〇、三一〇〇〇フィート（奇数の高度が東行きだ）。すべて旅客機か――

（――――）

テロリストが民間人を人質に取り、逃走しようとしている……。

逃がさんぞ。

11

南シナ海　ファイアリー・クロス礁北方
F22コンドル編隊　三番機

『逃がさん、一番近いターゲットから確かめるっ』

ヘルメット・イヤフォンに声が響く。

『奴を仕留める』

無線越しの声には、速い呼吸が混じっている。

少佐がいきり立っている――

（――――）

ガブリエル・エリスはビリビリ震える上昇姿勢のコクピットで、その声を聞いていた。

アフターバーナーは全開、高度は間もなく四〇〇〇〇フィート――この辺でいいだろう。

右手の操縦桿を押し、機首を下げる。

フワッ、と身体の浮く感覚。星空が上向きに流れ、機首の下側から水平線が現れる。

水平姿勢にする。そのまま推力に任せ、加速。

ブォオオオッ
風切り音が風防を包み、たちまちヘッドアップ・ディスプレー左端の速度スケールがマッハ二・〇〇に達する。

眼はすっかり暗闇に慣れている。星空の水平線からこちらに、いくつも林立する積乱雲がある。声――いきり立つ少佐の声は、その最も巨大な一つの峰の向こう側から聞こえて来るようだ。

ちらと視線を下げ、戦術情報画面を見る。やはりそうだ――あの雪山のような積乱雲の向こう側に、南南西から北北東へ伸びる形で航空路が一本ある。白い菱形の列に寄り添うように、二つの緑の菱形が浮かんでいる。

さっきから、ネルソン少佐の編隊と、紅い菱形――正体不明のスホーイ27に追いつこうと全力で上昇し、飛んで来た。

しかし正体不明のスホーイが突然加速して逃げ始め、それを追うクレーン大尉の二番機も加速したので、いったんは追いつきかけた距離が縮まらない。

(——直線で一二マイルか……!)

猫のような眼で、エリス中尉は前方視界の積乱雲と、戦術情報画面を見比べる。

二つの緑の菱形は巨大積乱雲の向こう側だ。

一刻も早く追いついて、援護したいが——

画面上に現れる、編隊間データリンクで送られて来る各菱形の動きと、イヤフォンに錯綜する声によって、猫のような目の女子パイロットは戦闘の様子を把握していた。

あのスホーイ27は、いったんは警告の指示に従う振りをしたが、今度は間近でフレアを焚いてネルソン少佐に目つぶしを食らわせ、逃げた。追いかける二番機のクレーン大尉もどうごまかしたか、レーダーにジャミングをかけられて見失う数秒の間(こちらの機のAPG77も一時的に使えなくなった)に、航空路を航行する民間旅客機と入れ替わって姿を消した。

(——あの野郎)

おそらく、少佐とクレーン大尉の編隊を、奴はわざと引きつけ〈策〉に嵌めたのだ。積乱雲の位置と航空路の配置も計算した上で……。

たった一機で、四機のラプターを相手にこれだけの戦い——

どんな奴なんだ。

「いや」

考えている暇は無い。エリス中尉の戦術情報画面にも、向こうにいる少佐機のコクピットに表示されているのとおそらく同じ情況がリンクされ、浮かんでいる。航空路を行き交う、十数個の白い菱形——その中で北北東へ進む三つの菱形を、赤丸が囲んでいる。

E3Aの管制官が『怪しい』としてマークしたのだ。三つとも、ロートドームの回転で見えなくなる十秒の隙に、クレーン大尉機のすぐ近くを通った旅客機だ。

画面上で〈CD1〉と表示された緑の菱形は、無人となって飛び続けている〈CD2〉(おそらくクレーン大尉は気が動転しているところを背後から『撃つ』と脅かされ、反射的に脱出してしまったのか)に近づきかけたが、すぐ進路を変え、赤丸をつけられた白い菱形シンボルの一つを早速追いかけ始める。

だが

「——いや」

目をしばたたかせ、ガブリエル・エリスは頭を振った。

いや、それじゃない。
わたしが奴だったら——

戦術情報画面に目を走らせる。

その間にも、エリス中尉のラプターはマッハ二超の速度で、そびえ立つ積乱雲へぐんぐん近づいて行く。前方視界の右端から左端まで、たちまち灰色の絶壁で一杯に。

『中尉』

イヤフォンにフレール少尉の声。

『どっちへターンします』


くっ……。

「————」

唇を噛み、ちらとバックミラーに視線を上げる。右後方の位置に、もう一機の黒いラプターの機体が浮いている。フレール少尉の四番機だ。

普段から、訓練空域への行きと帰りで空中機動の練習をして来た。ペアを組んだ当初ははっきり言って頼りない、秀才タイプで使えない奴と思ったこともある——しかしポール・フレールは、最近では自分がどんな動きをしても、ポジションをキープして何とかかついて来る。

よし。

視線を前方へ戻す。絶壁のような灰色の壁が邪魔で、航空路の様子は肉眼では見えない
――面倒だ。

飛び越そう。

「六〇〇〇まで上がる。あれの真上を飛び越す」

エリス中尉はバックミラーに浮かぶ僚機――フレール少尉に無線で告げた。

「ついて来い」

『えっ、は、はい』

驚いたような声が応えるのと同時に、全開のスロットルはそのまま、右手首のスナップで機首を上げた。

ぐうっ
途端に、迫って来ていた灰色の絶壁が上から下へ流れた。さらに操縦桿を引きつけ、機首を上げる。

ぶぉおおおっ、と空気を切る唸りと共にラプターが上昇する。灰色の絶壁が激しく下向きに流れる手前で、ヘッドアップ・ディスプレー左端の速度スケールが減って行く。一杯

につけた速度エネルギーを惜しげもなく食いつぶし、急上昇しているのだ。

ぶぉっ

灰色の壁が途切れ、漂う白っぽい靄のような中に出た。星空の下、まるで雪山の頂上へ登り切ったかのようだ——高度スケールは六三〇〇〇。操縦桿を押し、機首を下げる。

身体が浮く。シュッ、と音がして酸素マスクが自動的に加圧モードになり、喉へエアを押し込んでくる（超高々度で乗員を失神させない設計だ）。目の下に雪山の頂上——速度スケールはマッハ〇・八。かなり減った。エンジンはアフターバーナー全開のままだが、推力全開でも加速して行かない。Ｆ22の上昇性能の限界だ。

何となく、ふらふらと飛ぶ。

（——こいつだ）

視線を下げ、戦術情報画面をちらと見る。

民間機の動きはＥ３Ａが捉え、少佐機のレーダーでも情報が補完されている。白い菱形の群れが航空路上を、列をなして行きかう。

画面上で、赤い丸をつけられた三つの白い菱形ターゲットを、緑の〈ＣＤ１〉が追って行く。一方、無人の〈ＣＤ２〉はゆっくりと航空路を横方向へ離れる。置き去りにされた格好だ。

後で、クレーン大尉の機は爆破処分しないといけないか——

それはいい。今、注意を向けるべきはそれじゃない。

「――――」

こいつだ。

猫のような目が睨むのは、もう一つ、別のターゲット――南南西へと進むノーマークの白い菱形だ。北北東――中国大陸方向からやって来て、おそらくマレーシアかどこかへ向かう便だろう、赤い丸をつけられた三つとは反対方向へ離れていく。

エリス中尉は、その二九〇〇〇フィートで航空路の一番低い階層を飛ぶ一つの菱形も、ついさっき緑の〈CD2〉の真横を通過していたことを見逃さなかった。

わたしなら。

自分ならば、こうするだろう。アメリカの編隊にはさんざん中国大陸方向へ逃げるつもりと見せかけておき、先入観を与えてから突然反対向き――つまり大陸から離れる方向へ逃げる。

マレーシア行きの旅客機の腹の下に隠れてこの空域を離れ、ベトナムのジャングルか、あるいはボルネオ島か、あらかじめ人民解放軍かテロ組織の仲間を待ち受けさせておき、そのポイント上空で機を捨て脱出する。そうすれば逃げおおせる。

あるいは――

(――あるいは、一度離脱してから向きを変えて反転し、背後から少佐の機に襲いかかる

……。わたしなら燃料が許せば)

ぐらっ

「う」

そう考え掛けた時、いきなり座席ごと突き上げられるように揺れた。ハーネスを締めているのに一瞬、身体が浮きそうになる。

くそっ。積乱雲の頂上の上でも上昇気流か……!?

操縦桿で姿勢を保とうとするが、ふらつく。機首のすぐ下で白い雪山の頂上がゆらゆらと揺れ動く。

『中尉』

「すぐに飛び越す」

ポール・フレールの心配げな声を制して、左の下方を見やる。

よし、雪山の頂上はもう飛び越す。向こう側の下界が見えて来る……。

マスクの中で唇を嘗める。

(――下がよく見えない)

機首が邪魔だ。

ガブリエル・エリスはためらいなく、右手の操縦桿を左へ倒す。

ぐるっ

星空の水平線が、ふらつきながらゆっくりと回転して世界が逆さまになる。フライバイワイヤが姿勢のコントロールを補正するが、背面姿勢でぴたりと止まらない。

ぐらっ

「――くっ」

その時

『コンドル・スリーか、今までどこにいた⁉』

叱咤するような声がイヤフォンに入る。

『これから奴を狩り出す、ただちにコンドル・フォーと共に私のバックアップにつけ』

「――――」

ネルソン少佐だ。

向こうの戦術情報画面で、こちらが追いつくのを把握したのか。少佐は『クレーン大尉に代わって僚機のポジションにつけ』と言う。

しかし――

エリス中尉は視線を上げ、逆さまのコクピットから揺れる下界を俯瞰した。

どこだ。左下の方……。

（……！）

いた。暗黒の大海を背景に、何かが見える——目を凝らす。小さな赤と緑の光る点が、ゆっくりと移動している。

あれだ。

「少佐」

『エリス中尉、いま一つ目のターゲット——一機目を確認した。旅客機の腹の下に奴はいなかった』

少佐の声は言う。

『これから二機目を確かめる』

「少佐、そっちじゃありません」

『何』

「奴は、そっちじゃなく——くっ」

ふらつく。操縦桿で落ち着かせようとするが、上向き揚力が全然無い——なすすべなく機体は背面姿勢のまま沈降を始める。頭の上の暗黒の大海へ、吸い込まれるように落下し始める。

「くそ」

『中尉っ』

フレール少尉の声が割り込む。

同空域
〈亜細亜のあけぼの〉スホーイ27

「――――」

男は水平姿勢を維持したまま、リラックスした姿勢でシートにもたれていた。

静かだ。

イヤフォンに、国際緊急周波数でわめく声も聞こえない。多分アメリカ軍の指揮周波数では盛んに言い合っているところだろう。あのスホーイはどこへ隠れた……!?

「――クク」

左手のスロットルも中間推力のまま。速度もさほど出ていない。ヘッドアップ・ディスプレーの速度表示はマッハ〇・八。

「〈牙〉」

後席から女の声。

「ここにいて、本当に大丈夫なのか?」

「――――」

男はミラーに目を上げる。

後席の女は、計器パネルの受動警戒装置だけでなく、じかに振り向いてキャノピーから後方の様子を見回している。

「玲蜂」

口を開く。

「アメリカ機が、後方から来る気配はあるのか」

「い、いや」

「F22の連中は」男は目を細める。「もはや姿を隠す意味が無い、索敵レーダーを使いまくっている。こちらがロックオンされればすぐに分かる。もっとも」

今度はキャノピーの真上へ視線を上げる。

数フィート上――涙滴型の風防に接触しそうな近さに、天井のように覆い被さっているものがある。金属の壁のようだ。

「ロックオンされるのは上の機体だが」

クク、と男――〈牙〉と呼ばれる男はマスクの中で笑う。

「間もなく最後の狩りになる。力を抜いておけ、玲蜂」

F22コンドル編隊　三番機

「くそっ」
背面姿勢のコクピットで、ガブリエル・エリスは右手でとっさに操縦桿を引いた。
ぐうぅっ
血液が下がって、額が涼しくなる。目の前で、逆さまの水平線が機首の下側へ吹っ飛ぶように隠れ、前方視界が暗黒だけに――見えるのは一面の暗黒だけだ。遥か下方の海面へ真っ逆様に機首が向く。
ざぁあああっ
背面のまま落下していたF22は、機首をそのまま真下へ向け、垂直急降下に入った。六三〇〇〇フィートの超高空から真っ逆様に降下する。
ざぁああっ
『中尉っ』
「このまま突っ込む、続け」

呼吸しながら、ミラーにちらと目を上げる。

四番機は続いて来る――フレール少尉はみずからも一度機体を背面にし、操縦桿を引くことで急降下に入れたのだろう、同じ姿勢でついて来る。

（よし）

うなずくと、目を前方へ戻す。

遥か下方に見えている赤と緑の光点――旅客機の左右の翼端についている航行灯だ――がヘッドアップ・ディスプレーの正面に来るよう、操縦桿で機首方向を調整する。ぐぐっ、と暗黒がずれるように動き、光点が目の前に。その横で速度スケールがみるみる増加する。

マッハ一・一、一・二――

機体のふらつきがなくなり、高度が下がって行く。たちまち六〇〇〇〇を切って五八〇〇〇、五七〇〇〇――

しかし

『中尉、そっちじゃありません』

同時に

『コンドル・スリー、どっちへ行く。私のバックアップにつけ』

少佐の声も告げる。

一番機の戦術情報画面で、こちらが反対の南南西方向へ機首を向けようとしているのが分かるのだ。

「少佐」

呼吸を整え、ガブリエル・エリスは言い返した。

「奴は、そっちにはいません。反対方向へ逃げている。スリーは、南南西へ向かう旅客機を追います。許可を」

『待て、駄目だ』

少佐の声は許可しない。

戦術情報画面では、〈CD1〉が二つ目の赤丸のついた菱形に追いつこうとしている。そこに謎のスホーイ27が、もしも隠れているとするなら、間もなく目視で見つけられるだろうが……。

『奴は、見つかれば何をするか分からん。バックアップにつけ』

「――――」

くそ……。

命令されてしまった。

確かに自分が、一〇〇パーセント正しいとは限らない。

だが、この位置から機首を捻ってまた北北東へ向け直し、少佐の機を追いかければ。

今、目の前に追っている南南西へ向かう旅客機に対しては、背中をさらすことになる。奴がもしあそこに隠れていたら、おもむろに旅客機の腹の下を離脱してＵターンし、わたしたちを背後から容易に襲うだろう。背後はレーダーで監視出来ない。Ｅ３Ａが頼りだが、タイミングが悪ければ十秒はその動きに気づかない。

（――――）

真っ先にやられるのは、編隊後尾にいる四番機だ。

どうする。

ではフレール少尉だけを、少佐のバックアップに向かわせ、わたしは単独で目の前にいる旅客機を追うか……？

だが奴と格闘戦になった場合、僚機のバックアップ無しで勝てるのか。

（…………）

もしも単機で戦って、わたしが負ければ。奴は次に、少佐機とフレール少尉機の編隊に襲いかかる。そうなれば二人とも殺される――

「少佐」唇を噛み、ガブリエル・エリスは無線に言った。「間に合いません、コンドル・スリーは南南西へ向かうターゲットにエンゲージ」

『何』

『中尉!?』

〈亜細亜のあけぼの〉スホーイ27

「――連中は」

ククッ、と男はまた喉を鳴らす。

コクピットの中は静かなまま。

低い唸りは、背中でゆるゆる廻る双発のリューリカＡＬ31Ｆターボファン・エンジンだ。その音は深海をゆったり遊弋する、鮫の心臓の鼓動のようだ……。

「今、連中は見当違いの〈標的〉を追っている」

前席と後席にある情況表示画面――受動警戒システムには、Ｅ３Ａを含むアメリカ側の索敵レーダー・パルスが複数、周囲を嘗めていく様子が現れる。しかしこの機がロックオンされたことを示す警告サインは出ない。

だが
「待て〈牙〉」

後席から女の声が咎める。

「貴様、これから何をする」

「分かるだろう」

「しかし。アメリカ機を全滅させるなど、契約に入っていない」

「今後のためだ」

「……?」

「そろそろだ、玲蜂」男は右手の操縦桿を握り込む。「隠れ場所を出るぞ」

F22コンドル編隊　三番機

「くっ」

ヘッドアップ・ディスプレーの正面に、赤と緑の光点が迫る。

風防が風を切って唸る。高度スケールは吹っ飛ぶように下がっていく。三四〇〇〇、三三〇〇〇――

今だ。

ガブリエル・エリスは操縦桿を押し、さらに機首を下げると同時に左手のスロットルをアイドルへ戻した。

「スピード・ブレーキ」

無線にコールしながら、左手の親指でスピード・ブレーキのスイッチを手前へ。

カチ

途端にグンッ、とのめるような減速G。上半身がハーネスに食い込む。

『ちゅ、中尉っ……!?』

驚く声と共に、一秒遅れて、バックミラーの右後方で四番機が機体背面にスピード・ブレーキの抵抗板を立てる。つんのめるように、追いついて来て真横に並ぶ。

ぶぉおっ
「――!」

一瞬、横目で見やると三番機のコクピットからもヘルメットがこちらを向き、フレール少尉と視線が合う。酸素マスクをつけた顔――あいつは顔だけはいい、ハリウッドの俳優みたいだ。

前へ視線を戻す。

機首を真っ逆様にしたまま、急減速。機首をさらに下げたので、赤と緑の光点――いや暗闇の只中を巡航する旅客機の上面シルエットが、急激に大きくなりながらヘッドアップ・ディスプレーの上半分へぐぐっ、と移動する。エアバスか――? いや、太い胴体はボーイング777だ。

ぶぉっ
ライトアップされた垂直尾翼が額のすぐ前を、下から上へ通過――

その瞬間。エンジンはアイドル、スピードブレーキを立てた状態のままガブリエル・エリスは操縦桿を瞬間的にカチン、と強く引き、機首を引き起こした。

ぐわっ

叩きつけるような下向きG。沈み込みながら、機首だけが上がる――前面視界に大型旅客機を真後ろから見た姿が、上方から降って来るように出現し、ぴたっと止まる。

「――こ、この野郎っ」

息が出来ない。歯を食い縛りながら左手でスロットルを前へ出すと同時に、左の親指で兵装選択スイッチを〈GUN（機関砲）〉に。

「そこだっ」

だが

「……!?」

次の瞬間。エリス中尉は、猫のような目を見開いていた。

何だ、これは。

（奴が）

いない……？

その時。

目の前に浮かんでいたのは、巨大な双発旅客機の後ろ姿だ。その真後ろよりもやや下側にいる。

ボーイング777の腹の下が、すぐ前にある。

「………」

『中尉っ』

絶句するガブリエル・エリスの耳に、僚機の少尉の声。

『奴は、ここにはいません』

12

南シナ海　ファイアリー・クロス礁北方
F22コンドル編隊　三番機

「い、いない」

馬鹿な……。

だが目の前に浮かぶ、ボーイング777の巨大な機体の腹の下には、何も無かった。

何も無い空間。

あの鮫を想わせる、スホーイ27のぬめっ、としたシルエットは無い。

ガブリエル・エリスは思わず、猫のような鋭い目で周囲の暗黒を探った。

何も見えない。

(では)

タッチの差で、奴はここを離脱したか……⁉

いや。

頭を振る。

真下に機首を向けて降下して来た。この周囲は、すべてレーダーの探知範囲に入っていた。ボーイング777の真下を離れて逃げようとすれば、レーダーに映ったはず――

どういうことだ。

わたしなら。

自分ならば、北北東へ向かう旅客機の腹の下になど隠れない。絶対、隠れない――

(――――)

目をつぶる。

自分ならばどうするか考えよ。

空戦をする時は。

もしも自分が敵だったらどうするか――? どう行動するか。敵の立場になって最善の方法を考えろ。

あの人のノートには、そう書いてあった。

古いモノクロ写真の中で腕組みをする、黒豹のような印象の男。

その通りにして、T38タロンに乗っていた新人の訓練生時代、そしてF15に乗っていた時期も、格闘戦訓練で敵に負けたことはほとんど無い。T38では教官にすら勝った。お前は、経験も無いくせにどうして俺のシックスを取れた……!? 教官が驚いた。でも当然だった、かつて太平洋を席捲(せっけん)したゼロ・ファイターの曾祖父が、わたしのために空戦の真髄を書き残しておいてくれたのだ。

隠れ場所――

(どこだ)

ここではなかった。しかし北北東へ向かう旅客機の腹の下も考えられない。

ほかに、クレーン大尉を脅かしてベイルアウトさせ、E3Aのロートドームがあさってを向いている十秒の間に身を隠すとしたら……。

「……！」

　ハッ、と気づいて、猫のような目の女子パイロットは戦術情報画面を見やる。

　しまった……！

　視線を向けるのと、画面の中で〈ＣＤ２〉の緑の菱形の真下から、重なって隠れていた紅い菱形が姿を現すのは同時だった。

　さらに

『――コンドル・ワン、ネルソン少佐、アンノンがいましたっ』

　Ｅ３Ａの管制官が叫んだ。

『アンノンはコンドル・ツーの真下に隠れていた、後ろです、後ろに』

「くっ」

　目を見開く。

　最後まで聞き取らず、反射的にガブリエル・エリスは右手の操縦桿を鋭く右へ倒した。

　前方にあった７７７旅客機の後ろ姿が傾き、視界の左方向へ吹っ飛ぶように消える。

　ブンッ

（なんてことだ）

　わたしとしたことが……！

九〇度バンク、前面視界の暗黒が横向きになると同時に操縦桿を引く。強く引く。同時に左手のスロットルを最前方へ。

アフターバーナー点火。ドンッ、と背中に衝撃。

『——中尉!?』

「続け、フレール少尉」

酸素マスクのエアを吸いながら、無線に指示する。

くそっ……。

やられた。

奴は後ろだ——!

無人で飛び続ける二番機の、真下に隠れていた……!

何という、大胆な……。しかもこの画面に表示されている紅い菱形はE3Aの探知したものだ。悪くすれば十秒前の位置……!

いや奴のことだ、AWACSのレーダーの索敵パルスが自分の真上を通り過ぎた直後、動き出したに決まっている。わたしならそうする——

「く」

六Gで急旋回。ラプターはたちまち一八〇度をターンして、向きを変える——北北東の象限がレーダーの索敵範囲に入る。

ピッ

途端に、機首のＡＰＧ77が未確認のターゲットを捕捉して、紅い菱形をリアルタイムの位置へ補正する。菱形は瞬時に、前方へジャンプする。

（くそっ）

思った通り、十秒前の位置だったか……！

まずい、二〇マイル以上離されている。

奴に嵌められた。自分は奴の考えを読んだつもりで、反対方向へ飛んでしまった。

今、紅い菱形は北北東へ向かって移動している。その先には赤丸をつけられた旅客機と、一番機〈ＣＤ１〉の緑の菱形。

奴は少佐機を背後から襲うつもりか……!?

自分ならば、そうする。アメリカのＦ22が、旅客機を疑って追うだろうと読み、旅客機の後ろにラプターが食いついていないか接近し目視で確かめる。そして自分を追いかけて来る能力を持つ敵は墜とす。その上で、この空域を離脱……

ピッ

紅い菱形の脇に、ＡＰＧ77が実測した速度と高度・加速度の数値が出る。マッハ一・七、一・八――素早い加速だ、高度は減りながら三三〇〇〇。画面の〈ＣＤ１〉と同高度へ下げて、さらに加速。〈CD1〉の背後へぐいぐい近付いて行く。

「くそ」

一瞬、目をきつくつぶり、ガブリエル・エリスはマスクの中で唇を嚙む。

なぜ、このことに気付けなかった。

だが後悔している暇はない……！

目を開く。

「コンドル・ワン、後方から奴が行きます」

左の親指で送信ボタンを押し、無線にコールする。E3Aの管制官には十秒前の位置しか分からない、自分がネルソン少佐に危険を知らせるしかない。

少佐の一番機と、紅い菱形の間隔は……⁉

もう一度戦術情報画面を見る。まずい、少佐機のわずか三マイル背後に迫っている。

「今、わたしのレーダーで位置をアップデートしました、すぐ後ろです。少佐、ブレークしECMを掛けてくださいっ」

『――く、くそ、わかったっ』

「アムラームでやります、中距離ミサイルモード」

『フォー、MRMにします』

フレール少尉の声も割って入る。

ちらとミラーを見上げる。四番機だ、右の後方について来ている。

いけない、僚機のポジションが頭から飛んでいる。普段、あれほどポール・フレールに偉そうに講釈して、本番になると自分がこうか。

唇を噛みながら左の親指で兵装選択を〈ＭＲＭ（中距離ミサイル）〉に。

今度こそ仕留める、逃がしはしない。

〈亜細亜のあけぼの〉スホーイ27

「〈牙〉、後方からロックオンされた」

後席の女が、計器パネルの画面を見て声を上げた。

「Ｆ22の素敵レーダーだ。ミサイルが来るぞ」

だが
「――――」

前席で操縦桿を握る男は、静かな呼吸を変えない。

すでにスロットルは最前方へ出され、機はアフターバーナー全開で急加速していたが、背中を叩くエンジンの轟きとは裏腹に男の息遣いはゆっくりだった。

そればかりか、酸素マスクの中で微かに唇を歪めた。

この男――〈牙〉の独特の笑みだ。

「ジャミングをかけておけ、玲蜂」

「五秒しかもたないぞ」

「それだけあれば十分だ」

つぶやくように言う男の視界で、闇の奥にポッン、と青白い閃光が瞬く。

そこか。

前方、間合い三マイル弱――北北東へ向け水平飛行する大型旅客機のすぐ後ろで、一機のF22がアフターバーナーに点火したのだ。

三十秒ほど前、無人にさせたラプター二番機の腹の下を出た。途端にE3Aのレーダーには探知された。航空路を北北東へ向かう旅客機のどれかの尻にラプターが食いついていたら、AWACSからの知らせで動き出すはずだったが。

こんなに、見やすいように動くとは。

「――――」

男は唇の端を歪める。

青白い閃光は、視界を左下方へ転げおちるように離脱して行く。

あそこに獲物が一つ。

情況表示画面では、後方から二つのレーダー・パルスがこの機を捜し当ててロックオンしている。後ろに獲物が二つ。わざわざ『ここに二機いる』と教えてくれている。

アメリカのＦ22の位置は、これで残り三機とも掴めた。

後ろにいる二つの獲物は、先ほど積乱雲へ突っ込ませた二機か。

「フ」

素人だ。

「顔を上げておけ、玲蜂」

男は後席へ告げると、柔らかく握った操縦桿を左へ倒した。

グルッ
途端に闇の世界が大きく傾き、いったんは機首の左下へ隠れて見えなくなった青白い閃光が、ヘッドアップ・ディスプレー正面へ斜めに引き寄せられるように戻って来た。

ざぁああっ
位置を教えてくれた上に、わざわざ急旋回で間合いを縮めてくれるとは。

「クク」

男の眼が細められる。右手が動く。さらに視界がグルッ、ともう一度回転してすべてが逆さまになる――だが青白い閃光はヘッドアップ・ディスプレーの正面に捉えられたままだ。

背面急降下旋回。ヘッドアップ・ディスプレーの透明な板の上で、ＩＲＳＴが〈標的〉の熱を捉えて自動的にロックオン、蒼白い閃光を曳く機影を緑色の四角形で囲む。

あのＦ22は、さっきの隊長機か……。あいつはこちらの襲来を知らされ、今、利き腕の右手で操縦桿を一杯に倒し、全力離脱しながら同時にＥＣＭを働かせているだろう。

だがもとよりレーダーは働かせていない。索敵も照準もＩＲＳＴだけで十分——いや、この条件ならそれすら必要ない。

さらに近づく。Ｆ22ラプターは、スホーイ27フランカーよりも加速力に優れ、機動性はほぼ互角だという。しかし高Ｇをかけて急旋回している。上方から背面急降下でラプターの旋回の内側へ切り込めば、間合いは容易に詰まって行く。

その上、あいつにはこちらが見えていない。背後の上方から襲いかかっている。バックミラーの視野にも入っていない。こちらもアフターバーナーは点火しているから、直接、真後ろ上方を振り仰げば見えるだろうが——高Ｇをかけて旋回する中では到底真後ろは振り向けない。物理的に無理だ。

どっちへ旋回して逃げろ、というアドバイスは、後方でレーダーを見ている僚機がするだろう。しかし新たに近づいて来る二機のラプターに対して、今、後席で玲蜂がジャミングをかけた。あと数秒間は何も見えなくなる——

そう考える男の視界で、蒼白い閃光を曳く機影は急に反対の右方向へフッ、と横移動した。ヘッドアップ・ディスプレーの視野から、吹っ飛ぶように外れて消え去る。

切り返したか。

「――クク」

馬鹿め。

F22コンドル編隊　三番機

「フォックス・ワン――う!?」

ガブリエル・エリスが右手の人差し指を操縦桿のトリガーに掛け、一八マイル前方にロックオンした〈標的〉へ向けＡＩＭ１２０アムラームを発射しようとした、その時。

ヘッドアップ・ディスプレー上に浮かんでいた緑色の四角形がフッ、と瞬くと、消えてしまう。

ピピッ

同時に戦術情報画面にメッセージが浮かぶ。『ＷＲＮＧ　ＥＣＭ』

「く、くそ」

戦術情報画面も明滅する。次の瞬間、浮かんでいた無数の菱形が微妙にずれて、位置を変えた。

奴がまたジャミングを掛けて来た。APG77レーダーが妨害を受け、画面のターゲットの情報が、自動的にE3Aのロートドームでさらった位置情報に切替わったのだ。画面上で緑の〈CD1〉を追うように急旋回していた紅い菱形も、ズリッと位置を変える。

駄目だ、ロックオンが外れた……！

エリス中尉はマスクの中で歯噛みした。駄目だ、これでは撃てない――この状態で下手にぶっ放したら、アムラームは勝手にそのへんの旅客機を追いかねない。

その上
（まずい、奴の正確な位置が――）

画面を見て、眉をしかめる。

たった今、左降下急旋回で離脱する〈CD1〉を、紅い菱形が追いかけていた。だが、こちらのレーダーが目潰しされたため、奴のリアルタイムの位置も運動方向も分からなくなった。これでは少佐に対し、回避方向のアドバイスも出来ない。

「少佐、ジャミングを掛けられました」

ガブリエル・エリスは無線に告げた。

「クリアするまで五秒かかります。後方から追われています、回避を続けて下さい。奴を引き離して」

F22コンドル編隊 一番機

「く、くそっ！」

ネルソン少佐は初め『後方から襲われる』という警告が信じられなかった。

馬鹿な……！　奴は——あのスホーイはクレーンが脱出して無人のまま滞空する二番機の腹の下に、隠れていたと言うのか。

読みが、完全にはぐらかされた。まさか奴は、二番機の腹の下に隠れるため、わざと国際緊急周波数で『フォックス・スリー』とアメリカ軍式の機関砲発射の合図をコールしたのか。しかし実際には発砲せず、クレーンが恐怖にかられてただベイルアウトするように仕向けた……？

疑っている暇は無かった。少佐の戦術情報画面でも、後方の〈CD2〉のシンボルの下から紅い菱形が姿を現したのだ。E3Aの探知した情報だから遅れがある、すぐにエリス中尉機のレーダーによってリアルタイムの位置へ補正されると、一気に間合いを詰めて真後ろへ迫って来た。まずい——

中尉の『ブレークしECMを掛けてください』という叫びに呼応し、アフターバーナーを全開、ただちに左降下急旋回に入った。

格闘戦の訓練は、この半年間、一度もしていない。右手で叩きつけるように操縦桿を倒すと、機体は瞬時に反応して前方視界がひっくり返り、続いて操縦桿を引くと斜め左下方へ向けて暗黒の世界が激しく流れた。七G。少佐は呼吸がほとんど止まった。

ざぁああっ、と凄まじい風切り音。だが、どこまで急旋回すればいいのか？　背後に迫るスホーイは、本当に襲って来るのか。分からない。戦術情報画面にも、後方から索敵レーダーのパルスを浴びせられているという表示は出ない。何も出ない。奴はロシアが最初に開発したIRSTを駆使し、アクティブの探知手段をほとんど使わない。操縦桿を引きつけながらバックミラーに目を上げるが、アフターバーナーの火焰の閃光のようなものも見えない。

ただ背後は、流れる星空と暗闇だけだ。

本当に、追われているのか……!?

奴はどこにいるのだ。

くそっ、だが少しの辛抱だ。奴にミサイルは無い、もう機関砲しかない。エリス中尉が『中距離ミサイルで片づける』と言う。ここは全力で離脱機動を続け、後ろの奴がアムラームの餌食（えじき）になるのを待つのだ――

しかし

『少佐、ジャミングを掛けられました』

部下の女子パイロットの声が、ヘルメット・イヤフォンに響いた。

『クリアするまで五秒かかります。後方から追われています、回避を続けて下さい。奴を引き離して』

「――――！」

思わず、バックミラーに視線を上げる。

何も見えない。星空が流れているだけだ。奴はどこにいる……!?

俺は今、本当に追われているのか。F22の機動性能だ、高G旋回で、とうに振り切ったのではないのか？　いや――

（――分からない）

敵がどこにいるのか分からない。エリス中尉たちがジャミングされた。奴の動きを見てもらい、回避方向をアドバイスしてもらうことは出来ない。

まずい。奴はクレーンを騙し討ちにした手練だ。俺の動きを読み、実は今にも死角から撃って来るかも知れない。このまま左方向へ旋回していていいのか？　一本調子では的になるだけではないのか。

「く、くそっ！」

切り返すか。

呼吸があがっているせいで、疑いと焦る気持ちに対抗することが出来なくなった。実際はこういう局面で反対側へ切り返すと、後方から追いかけて来る敵に対してはその真ん前を横切ることになり、逆効果だ。だが初歩の格闘戦のセオリーさえ頭から吹っ飛んでしまった。

カチン

少佐は思わず、操縦桿を反対側へ切り返した。

ぐるっ

途端に星空が鋭く左向きに回転し、一瞬だけGが抜ける。酸素マスクのエアをその瞬間だけ吸い込むと、ネルソン少佐は右側へほとんど九〇度までバンクさせた機体を、操縦桿で鋭く機首上げにした。

「う、うぐ」

ずざぁああっ

フライバイワイヤ・システムがすべての動翼と、推力偏向ノズルまで動員して機首上げモーメントを造り出し、右九〇度バンクを取ったラプターを無理やり反対側へ吹っ飛ぶように運動させた。瞬間的に九G。

〈亜細亜のあけぼの〉スホーイ27

「――〈牙〉っ」

　蒼白い閃光を曳く機影がフッ、と右横へ吹っ飛ぶように動き、ヘッドアップ・ディスプレーの視野を外れ、消えてしまった。

「ラプターが切り返した、取り逃がすぞ」

　後席から女の咎める声。

　だが
「クク」

　男は喉を鳴らしただけだ。

　馬鹿め。

　こいつは素人以下だ。

　右手と左脚が瞬時に動き、前方視界で星空が吹っ飛ぶように流れ、次の瞬間グルッ、と一回転する。

　すると。

　再び逆さまになった前方視界に、左横から吹っ飛ぶように機影が嵌まり込んで来た。

ブンッ

「……！」

後席で女が息を呑む。

近い。

どう機動したのか、魔法にしか見えない。現れた黒いシルエットは、その両翼端が前面風防をはみ出すような近さ――間合い一〇〇フィート弱か、蒼白い火焔を二次元ノズルから噴き出し、まるで自分から罠に嵌まるかのように右九〇度バンクの姿勢のまま、ヘッドアップ・ディスプレーの中央でぴたっ、と止まった。いや、相対的に宙で止まったように見えた。

「フォックス・スリー」

男の右手の指が、トリガーを無造作に引き絞る。

F22コンドル編隊　三番機

「うっ……!?」

戦術情報画面が再び息をつき、すべての表示が正常に戻る。

APG77が、自動的にジャミングをクリアしたのだ。しかし現れた様子に、エリス中尉は息を呑む。

い、いつの間に……!?　紅い菱形が〈CD1〉にくっつき、ほとんど重なっている。

ピッ
システムが自動的に、紅い菱形を再認識してロックオンする。ヘッドアップ・ディスプレー上に再び緑の四角形が浮かび『この方向に〈標的〉がいる』と教える。機首の前方、ほぼ正面。

ピピッ

だが
「近過ぎる」

駄目だ、スホーイの奴、少佐の機の背後にほとんど被さり、重なるほど近い。ミサイルなんか撃ったら……!

いや、少佐が機関砲で撃たれる。

警告しなくては――!

だが
「少佐――うっ」

無線に呼び掛けようとし、ガブリエル・エリスはまた息を呑む。

何だ、この運動方向——

まさか。

(——こっちへ来る……!?)

近づいて来る。

緑の〈CD1〉は、いつの間にか運動方向がこちらへ向いている。今、左急旋回から右へ切り返し、こちらへ機首が向いた。

急速に近づく。

さっきまでは少佐機も紅い菱形も、自分から離れる方向——北北東へ向かっていた。しかし少佐機が左急旋回を使って回避機動を行い、こちらのレーダーがジャミングされている五秒余りの間に、一八〇度近く向きを変えたのだ。二機ともこちらへ向かって来る——相対速度は音速の二倍、正面からぐんぐん近づく。

ピピピッ

「う」

無線で警告する暇も無い、緑の〈CD1〉の横にオレンジ色の『DMG』の表示。

しまった。

ダメージ……!?

同時に、前方の闇の奥から何か来る——蒼白い閃光とピンク色の閃光だ。二つの光点は踊るように動きながら、前後にくっつく形で猛烈な疾さで機首の下をぐるようにすれ違った。

ドンッ

ズシンッ

「……!?」

ゆさっ、と衝撃波で機体が突き上げられる。

エリス中尉は目を見開き、首を回してその姿を追うしかない。すれ違った瞬間、蒼白い閃光を曳く小さなシルエットが背中から火を吹いた。それがちらっ、と見えた。

「……しょ、少佐っ！」

13

南シナ海　ファイアリー・クロス礁北方

F22コンドル編隊　三番機

「——少佐っ！」

火を吹きながらすれ違った機影。

一瞬、ガブリエル・エリスは、自分の目に跳び込んで来たものに意識を奪われた。

だが
「はっ」

我に返ると右手を握り直した。操縦桿を、左へなぎ倒した。

グルッ
暗闇の世界がひっくり返る。フライバイワイヤが機体をロールさせるのがもどかしい、背面になる瞬間を待ち、操縦桿を強く引く。
下向きG。
「——くっ」
ざぁああっ
目の前で逆さまの世界が、上から下へ激しく流れる。
機体は下向きに、宙返りの後半を飛ぶようにして向きを変えて行く——スプリットS機動。一番速く一八〇度向きを変える方法だ。
ざぁあっ
『——中尉っ』

ヘルメット・イヤフォンにフレール少尉の声。

『い、今のは』

「続け、フレール」

肩で息をしながら、無線に短く命じる。

少佐が、やられた……!?

反対側の星空の水平線が、頭の上から降って来るまでの数秒間に、ガブリエル・エリスは戦術情報画面をもう一度ちらと見た。緑の菱形の横。オレンジ色の『DMG』——機体システムに外力によるダメージ。

編隊間データリンクで機体の情況を自動的に送って来る。では搭乗者が脱出したことを示す『B/OUT』の表示は……!?

目に汗が入る。目をしばたたく。

そこへ反対側の水平線が頭上から降って来る。手は勝手に動いてくれる。操縦桿を前へ押さえ、水平線は目の前で止まった。

Gが抜け、身体が浮く。顔をしかめ前方へ視線を上げ、目で探る。奴はどこだ……!?

(……!)

ほぼ正面。暗黒の奥へ吸い込まれるように、ピンクの光点が瞬きながら小さくなる。

そこか。

ピッ

ＡＰＧ77が、前方へ飛び去ろうとするスホーイを自動的に再ロックオン。兵装選択は中距離ミサイルモードのままだ。ヘッドアップ・ディスプレー上でピンクの光点を緑の四角形が囲む。ロックオンした〈標的〉はこれだ、と教える。

だが

（少佐はっ……!?）

青白いアフターバーナーの閃光は、見えない。

どこへ行った。

『コンドル・ワン、コンドル・ワン』

Ｅ３Ａの管制官が呼ぶ。

『ダメージの表示が出ました、可能であれば情況を知らせ』

「くっ」

戦術情報画面。緑の菱形は運動方向を左へ変えながら、急速に高度を減らしている。その横に『ＤＭＧ』の表示。『Ｂ／ＯＵＴ』はまだ出ない——運動Ｇが不規則に変わる、これは……。

「くそっ」

ピピッ

もうミサイルを撃っても、少佐機が巻き添えになる可能性だけは無い。ヘッドアップ・ディスプレーの緑の四角形の横に『ＩＮ　ＲＮＧ』の表示。やれる。人差し指をトリガーに掛ける。

だがその瞬間、緑の四角形に囲まれるピンクの光点は左上方へツッッ、と動いた。ヘッドアップ・ディスプレー上を素早く斜め上へ外れる——と思うと、ピンクの閃光はフッ、と消える。

逃がすか。

すかさず操縦桿を引き、機首を上げる。奴はアフターバーナーを切った。目視では一時的に見えなくなったが——しかしロックオンは外れない。左上へ移動して行く緑の四角形を、ヘッドアップ・ディスプレーの真ん中へ据え直す。

(今だ)

奴がまたジャミングを掛ける前に——！

ガブリエル・エリスはトリガーを引き絞ろうとするが

「——うっ⁉」

次の瞬間、緑の四角形が囲んだものに眼を見開く。

「〈牙〉っ」

至近距離から23ミリ機関砲を直撃され、黒いラプターが槍を突き立てられた牛のように跳ね上がってもがき、回転しながら視界を転げおちていくと。

男はそのまま操縦桿を引き、ラプターの機体を跳び越すように上昇した。上昇姿勢にすると同時に左手のスロットルを戻した。

アフターバーナーが切れ、背中を押し出すような加速感が消え、コクピットの中が一瞬静かになる。

後席で女が叫ぶ。

「なぜアフターバーナーを切る、逃げられなくなるぞ」

「――――」

「またロックオンされた。後ろだっ」

情況表示画面には、後方から再びロックオンされたことを示す赤い輝点が二つ、警報音と共に浮き上がった。反応が強い、すぐ背後だ。

「分かっている」男は静かに言う。「今、素人の二機とすれ違ったのだ」

男は応えながらも、操縦桿を引き、機体を上昇させ続ける。

その目は、視線を斜め左上方へ向けたままだ。呼吸も静かなまま。

「後ろから追って来る。〈牙〉、ジャミングを掛けるぞ」

「待て」

「何――な」

後席の女が舌を噛みかける。

男が操縦桿を押し、いきなり機首が下がったのだ。上向きGがかかり、ハーネスをしていても身体がシートから浮き上がる。

グォッ
「何」

女が驚きの声を上げる。

ふいにキャノピーを覆うように、ほの白い天井のようなものが頭上に被さった。

すぐ眼の先に、明滅する赤い衝突防止灯。独特のリズムでパパッ、パパッと明滅しながら前方から迫り、キャノピーの天頂部に当たる――！　と思えるような間隔でブンッ、と後ろへ通り過ぎる。いやこのフランカーの機体が、上空を水平飛行していた大型機に下から急接近し、その腹の真下すれすれをかすめて追い越して行くのだ。

グォオッ
計器パネルの画面に気を取られていたせいか、情況が摑みきれない様子の女は肩のハーネスを外して振り向き、後方を見やる。

すぐにスホーイ27は、頭上を覆う白い大型の機体を追い越し、その前方へ出る。

キャノピーの後ろ頭上、二枚の垂直尾翼に挟まれるように、円みのある旅客機の機首下面が現れる。

同時に男はわずかに操縦桿を引き、機体の位置を数メートル、引き上げた。

ぐうっ
すぐ背後、少し上にあった白い円みのある機首が下がって来て、真後ろに。向こうのコクピットの窓が見える。ボーイング７８７だ。

「……！」

女が声にならない驚きの呼吸。

ノズルの十数メートル後ろ、仄かな明かりの７８７のコクピットで左右に着席した乗員が呆気に取られたようにこちらを見る。何が自分たちの前に出現したのか、たぶん瞬時には理解できないのだ。

自動操縦で水平飛行する旅客機が、ノズルの噴流で姿勢を乱す前に、男の操作でスホーイ27はさらに数メートル、機体を持ち上げる。

７８７の円みのある機首が、ノズルの下側へ潜り込んで見えなくなる。

「玲蜂」

男が問う。

「まだロックオンされているか」

F22コンドル編隊　三番機

「――う」

何だ……!?

ガブリエル・エリスは、いつの間にか緑の四角形が囲んだものに、息を呑んだ。

小さな、赤と緑の二つの光点。

あれは、何だ。

目をすがめる。

まさか。航行灯……!?　いや、そうだ。左右の翼端を示す二つの光点と、その間で明滅する赤いライトは――旅客機の腹の下についている衝突防止灯か。

（……旅客機!?）

どういうことだ、どうして旅客機をロックオンして――

「――くそ」

しまった。

まだ航空路の只中にいるのだ。

舌打ちした。

あれは、マレーシア方面へ向かう旅客機か⁉　四一〇〇〇フィートの高々度を南南西へ向かっている。

APG77は、いつの間にか奴の代わりに、頭上を巡航する旅客機をロックオンしていたのだ。

……！　『IN RNG』の表示が赤と緑の航行灯の横で明滅する。急速に接近しているので、早く撃たないと最低安全発射距離を割り込むと教える。

『コンドル・ワン、コンドル・ワン』

『聞こえますか、コンドル・ワン』

E3Aの管制官の声。

「くっ」

アフターバーナー全開のまま、みるみる上昇して旅客機に追いついていく。

ヘッドアップ・ディスプレーの真ん中で、航行灯を点けたシルエットが見えて来る。優美な機影だ。

（奴は——そうか、あの機体の陰かっ）

戦術情報画面に一瞬、目をやる。

すぐ前方に白い菱形が一つ。白い菱形は目の前の旅客機だ。紅い菱形は消えてしまっている。何という奴、航行中の旅客機を盾にして姿をくらます——!?

ピッ

一方、緑の〈CD1〉は左へ向きを変えながら、高度を急激に減らしている。不規則に運動Gが変わる。スピンにでも入ったか……?

さっきの、わたしのような状態か。

ピピッ

オレンジの『DMG』の表示。こうしてデータリンクの信号が来るということは、一番機そのものは破壊されていない。機関砲で撃たれたか。損傷を受け、操縦不能になるかして——

『コンドル・ワン、少佐、聞こえていたら脱出を』

「————」

少佐は、錐揉み（きりもみ）に入って落下する機体のコクピットで意識を失っているのか。

ガブリエル・エリスは、猫のような目をちら、とバックミラーに上げる。

すぐ右後方に、フレール少尉の四番機。

「フレール少尉」

『はい』

「ただちに、あそこの」

だが言いかけて、女子パイロットはマスクの中で唇を噛む。

少佐は、生きているとは限らない。

一瞬、目を閉じる。

(――――)

僚機なしで、奴に勝てるか。

唇を強く噛む。

(――少佐)

すみません。

目を開く。

「いや、間隔開け。バックアップにつけ。わたしがやられたら奴を撃て」

〈亜細亜のあけぼの〉スホーイ27

「ロックオンは外れた」

後席で女が言う。

「F22のレーダーには探知されていない。だが、どうする〈牙〉」

「何をだ」

「今度は、積乱雲を隠れ蓑(みの)に使えていない。ここに隠れたのはすぐばれる」

すると
「クク」

男は再びリラックスした姿勢に戻り、ヘルメットの下の目を細める。

「分からないか、玲蜂」

「何」

「それでいい」

「？」

「下を見ろ」

スホーイ27は、白いボーイング787の機体の真上すれすれに浮いている。

その姿は、まるで一頭の鮫が、巨大な鯨(くじら)の背の上を一緒に泳いでいるかのようだ。

787の機体側面には〈AIR INDIA〉というロゴ。最新鋭旅客機のコクピットからも客席の窓からも、背中の上に浮く正体不明の戦闘機の姿はもう死角になって、見えないはずだ。たった今驚かせた乗員が、民間航空の管制周波数で異常事態を報告しているかも知れないが、どのみちここは大海の真っ只中だ。

「下の旅客機の陰から出れば、また探知される。残り二機のＦ22は中距離ミサイルを持っている。後ろ姿を見せて逃げれば、アムラームの餌食だ」

「――――」

「今回は、組織が金で請け負った〈仕事〉だ。こんなところで死にたいか玲蜂」

男が言うと。

女は一瞬、酸素マスクの中で口をつぐんだ。

肩のハーネスを外した格好で、男の背と、背後の空間を見比べた。

「――だが、ここにいたら」

「ここで待つ、ここは最高の場所だ」

「？」

「なぜなら、あの素人の二機が」

男は操縦桿から手を離し、革手袋の人差し指でキャノピーの上を指した。

「必ず、そこに現れる」

F22コンドル編隊　三番機

あの旅客機の陰だ……！

「──────」

ガブリエル・エリスは唇を噛み、赤と緑の航行灯を上目遣いに睨んだ。

次第に大きくなる優美なシルエットを、操縦桿でヘッドアップ・ディスプレーの中央に据え、そのまま機を上昇させた。

『……中尉？』

フレール少尉の問う声。

『いいのですか』

だがそこへ
『コンドル・スリー』

別の声がイヤフォンに割り込む。

ポール・フレールの問いかけを遮るように、低い男の声。

『コンドル編隊三番機、聞こえるか。こちらは太平洋航空軍司令部、作戦統括官のビショップ大佐だ』

「……？」

ちらとミラーに目を上げる。

上昇を続ける機の後方、フレール少尉の四番機がやや右手に離れて浮いて見えるが——

あとはすべて暗黒の大空だ。

この声は……。

誰だ。

『今、スカイネットに中継させ、カデナの航空軍司令部から呼び掛けている。私は今回の作戦を統括するエドワード・ビショップ大佐だ。聞こえるか中尉』

「は、はい」

ガブリエル・エリスはうなずく。

作戦統括官……？

「リード・ユー・ファイブ（よく聞こえます）」

今回は、いきなりスービックへ行くと言われ、作戦の内容も直前に知らされた。どこかで戦況をモニターし、統括している者がいたのか……。

『よろしい』

声は告げた。

『情況はデータリンクですべてモニターしていた。統括官として命令する。エリス中尉、現在は君が現場指揮官だ。ベトナム編隊を全滅させたテロ機については、これを捕獲してスービック基地へ強制着陸させるか、かなわなければ撃墜しろ。当該テロ機の脅威を排除、これを最優先事項とする。復唱せよ』

「は、はい」

視線を前方へ戻した。

「テロ機を強制着陸させるか、撃墜します」

『よろしい』

唐突に命令し、声は途切れた。

「………………」

ガブリエル・エリスは肩で息をすると、目を細めた。

酸素マスクのエアを、さらに大きく吸う。

「……フォー、フレール少尉」

『は、はい』

「命令を遂行する。間隔を離せ、行く」

告げると同時に操縦桿をさらに引いた。

機首を上げる。

ざぁあっ、と風切り音がして星空が上から下へ流れ、途端に優美な旅客機のシルエットはヘッドアップ・ディスプレー下側へ吹っ飛ぶように消えた。

機首が垂直に天を向く。

(――強制着陸させろ……?)

奴をか。

だが奴がおとなしく言うことを聞き、一時間も誘導の通りに飛んでスービックへ降りるとは到底思えない。

上層部は搭乗者を捕らえ、情報を吐かせたいのだ。中国と駆け引きしたいのか。

そんなことは無理だ。やるしか、ない。

高度はたちまち四〇〇〇〇フィートを超えるが、ラプターは速度を音速以下へ減らしながらも垂直に上昇する。

(――くっ)

高度四三〇〇〇で、操縦桿を左へ切り、垂直上昇のまま機体を軸廻りにロールさせる。

そのまま一八〇度、機体を裏返したところで操縦桿を引く。

ざぁっ

再び視界が上から下へ流れ、逆さまの星空の水平線がヘルメットの眼庇の上から降って来る――操縦桿で機首の動きを止め、背面姿勢。コクピットから視線を上げる。

「――！」

女子パイロットは猫のような眼を見開く。

いた。

やや前下方だ。星明かりの下に、白い旅客機が両翼を広げて浮いている。優美な機影はボーイング７８７か。ほの白いその背中の上、影をおとすかのように張り付いている鮫のようなシルエット――

スホーイ27。

間合い二〇〇〇フィート（六〇〇メートル）。旅客機の並んだ窓が漏らす灯りで、その機体の表面がぼうっ、と浮かび上がった。

「くっ」

背面姿勢のまま、反射的に左手の親指で兵装選択を〈ＳＲＭ（短距離ミサイル）〉に切り替えるが。

駄目だ。

こんなに重なられたのでは——

撃てない。

「くそ」

レーダーは、スホーイ27もボーイング787も一緒くたにロックオンしてしまう。エンジンからの排気熱は旅客機の方が大きい。

機関砲でやるしかない、しかしこの角度で撃ったら流れ弾が必ず旅客機に当たる、いやあんな近くで奴に爆発でもされたら、旅客機が……!

(巻き添えだ、ちくしょう)

マスクの中で歯嚙みするが、いけない、このままでは追い越してしまう。

ハッと気づき、操縦桿を引く。目の前で視野がぐうっ、と上から下へ流れ、ボーイング787の上面形が、逆さまのヘッドアップ・ディスプレーの中央へ。

そのまま斜めに降下。

どうする。

スホーイ27の位置を見やると、787の白い胴体の真上、ライトアップされた垂直尾翼のすぐ前方に、張り付くように浮いている——奴の双発のエンジンノズルの排気は、大型旅客機の垂直尾翼の両脇を挟んで流れる形だ。

(くそ、絶妙だ)

真後ろへはつけない……。７８７の垂直尾翼――〈ＡＩＲ　ＩＮＤＩＡ〉と大書された尾翼が邪魔だ。

奴は、わたしの接近に気づいているのか。

（気づいているはずだ）

急速に大きくなる機影は、７８７の背の上から動かないが……。

奴はロックオンされたまま逃げ、この旅客機の背の上に張り付いた。わたしが追いかけて来るのは承知のはず。

確かに、何も無い空間を逃げれば、中距離ミサイルで後ろから撃たれる。だがこうして旅客機の背中に張り付けば、わたしたちが追いついても手は出せない。

まさか奴は、このままマレーシアかどこかの領空まで逃げ延びるつもりか……⁉

「冗談じゃない」

こうなれば。

そうだ。奴のすぐ前へ出て、チャフを撒いてやるか。

Ｆ22は敵のレーダーを欺瞞するための無数のアルミ細片を、機体尾部のチャフ・ディスペンサーから噴出させることが出来る。奴の鼻先でチャフを撒き、まともにエンジンに吸い込ませれば……いや、駄目だ。

頭を振る。

駄目だ、そんなことをすればチャフを撒く前に真後ろから撃たれる。奴はわたしの機体と旅客機がぶつかろうが爆発しようが、たぶん全く気にしない。

考えるうちに追いついてしまう。

「くっ」

奴の前へ出てはいけない……！

７８７の右主翼が、額に迫って来る——やむを得ない、操縦桿を再び左へ。

ぐるっ、と逆さまの世界が回転し、頭の上にあった白い旅客機が機首の下へ来る。順面姿勢にすると同時に操縦桿を引き、機首を水平に起こす。

降下が止まる。

ほとんど、７８７の右主翼の真上すれすれだ。

ガブリエル・エリスは、横目で鮫のような機体——ブルーグレーの制空迷彩に塗られているのが旅客機の窓の灯りで見える——を睨みながら、それ以上前進しないように左手でスロットルを引き、スピード・ブレーキも一瞬使った。

スホーイ27の斜め横から見た姿が、コクピットのキャノピーの一〇時方向（左斜め前）の位置でぴたり、と止まる。相対位置を合わせ、奴と近接編隊を組む格好だ。

「――――」

間合いは五〇フィート（一五メートル）、向こうのコクピットが見える。

前後に席がある。複座だ。こいつはスホーイ27UBか。

「フレール少尉」短く、無線に告げた。「後方三〇〇〇フィートにつけ。わたしが何とかして、ここからいぶり出す。奴が旅客機から離れたら、ミサイルで撃て」

しかし

『サイドワインダーは駄目です、中尉』

フレール少尉の声は言う。

『撃ったら、787のエンジンに引き寄せられます』

「だから、十分に離れたと思ったら撃て」

指示をしながら、猫のような目で左前方の機影を睨む。

国籍マークを、どこにもつけていない。複座キャノピーの前後に、ヘルメットが見える。

後席の乗員は小柄だ。こちらを振り向いて見ている。

前席は――

あいつか。

睨む。

だが二つのヘルメットのうち、前席についている搭乗者は平然と前を向いている。
わたしが斜め横の位置へつけたのは、分かっているはず。
こちらを見ようともしない……?
「貴様」
無線の送信スイッチを2番の国際緊急周波数に切り替えると、思わず問いかけていた。
「貴様、何者だ」
すると
『──クク』
枯れた笑いのような、低い声がした。
これが奴の声か。
さっきも無線を傍受したが──
スホーイ27の前席から、ヘルメットに酸素マスクをつけた顔が振り向く。
夜間だ。バイザーは下ろしていない。
『ご苦労だ、アメリカ軍』
「……!?」
日本語……!?
ガブリエル・エリスは、目をしばたたいた。

今の言葉は日本語だ。

ゴクロウダ、アメリカグンというのは『ご苦労だ、アメリカ軍』という意味だ。

曾祖父のノートを読むために、大学で勉強した。少しは出来る。だがこいつは先ほど、クレーン大尉に対しては普通に英語で話しかけた。その会話は傍受していた。

「貴様」

日本人か？

エリス中尉は、とっさに日本語で会話を返せるほどには熟達していない。

「貴様は、誰だ」

英語で聞き返しながら、五〇フィート離れたその男――ヘルメットに酸素マスクの顔を睨んだ。黒いマスクとヘルメットに挟まれ、容貌が微かに視認出来る。

こいつは……

『クク』

声は笑った。

『我々は、〈亜細亜のあけぼの〉だ』

「……!?」

何。

今、何と――

だがガブリエル・エリスが目をすがめ、そのヘルメットの下の顔をもっとよく見ようとしたその時。

ブンッ

ふいに機体ごと、その姿が消えた。

何の予備動作も気配も見せず、いきなり視界から消え去った。

「!?」

消えた?

いや違う。

消えたのではない、真上——!

「くそっ」

女子パイロットは慌てて頭上を振り仰ぐ。

上方へ跳び上がったのだ。

そこにしか離脱するスペースはない。恐ろしい早業だ。スホーイは姿がかき消えたようにしか見えなかった……!

振り仰ぐが、自分のヘルメットの眼庇が邪魔になり、上方へ跳んだはずの機影を見つけられない。

『ククク』

どこだ。

くそ、奴の言葉に一瞬、気を取られて……。

『――中尉っ！』

フレール少尉の叫びが割り込む。

『中尉、後ろですっ』

はっ、として真後ろを振り向くのと、二枚の垂直尾翼の間で鮫のような戦闘機の前面形が自分の後頭部へぴたり、と機関砲の砲口を向けるのは同時だった。

いつ、そんなところに……⁉

目を見開く。

『クク、死ね』

「く」

反射的に右手で操縦桿を右へ倒す――だが機体が反応しロールに入る前に、頭の後ろで閃光がひらめいた。

第Ⅱ章　〈牙〉

1

石川県　小松
航空自衛隊・第六航空団　小松基地

「――はっ」

ガブリエル・エリスは目を開けた。

ここは。

思わず、仰向けの姿勢のまま両手でシーツを摑んでいた。

背中に受けた衝撃、回転するコクピット。凄じい回転のGで身動きが出来ない――

脱出レバーに手が届かず、もがいていた。頭が上がらない、手が動かない、どうしてもレバーが引けない。ざぁああっ、という風切り音とともに暗黒と星空が代わる代わる目の前を廻って……

（……いや、違う）

「はぁ、はぁ」

重圧は無い。呼吸が出来る。

あの時のコクピットじゃない。

回転しながら落下するＦ22の操縦席ではない。

ここは、どこだ……。

肩で息をしながら、目をしばたたく。

天井が見えた。

病室……？

寝かされている。

仰向けにされた周囲を、白いカーテンが囲っている。見えるのは天井だけだ。

「う」

起き上がろうとして、背骨にきしるような痛み。

顔をしかめる。

「平気だ、ちくしょう――くっ」

だが起き上がれず、まるで毛布の重みにすら負けるかのように、また寝台の上にどさりと仰向けになる。

「くっそ」

顔をしかめる。

背中に、びっしょりと汗をかいている。飛行服のまま寝かされている。

そうか。

奴にやられた瞬間のことを、また夢に思い出していたのだ。

ここは違う。小松基地だ。わたしは今日、日本の航空自衛隊のＦ15Ｊと模擬空戦をして

……。

思い出し掛けた時。

シャッ、とカーテンが引かれ、寝台の右横に人の姿が現れた。

身動きをした気配に気づいて、見に来たのか。

だが

「……？」

自分を見下ろすシルエットに、ガブリエル・エリスは軽い眩暈のようなものを覚えた。

オリーブ・グリーンの飛行服は細身だ。見上げると、目が合う。

その目が、猫科の動物を想わせる。

女子パイロットだ。

名前は知っている。

そうだ、ついさっきわたしを『撃墜』した——

——『奴とじかに闘った経験を持つパイロットだ』

今朝、新しい機体で嘉手納を出る前に、顔写真付きのファイルを見せられた。ファイルはアメリカ合衆国・国家安全保障局のもので『機密』の赤いスタンプが斜めに押されている。いずれも、日本の航空自衛隊の戦闘機パイロットの経歴や身辺を調査した報告書で、三名分あった。

「エリス中尉。次の〈作戦〉には、日本の力を借りなくてはならない。戦場となる空域が今度は日本海上空だからな」

エドワード・ビショップ大佐——銀髪の四十代の将校は告げた。

七日前の深夜、結局自分は被弾した機体を脱出してパラシュートで降下、漂流していたところを海軍の潜水艦に救助された。翌朝にはフィリピン海軍のヘリコプターが迎えに来て、潜水艦の甲板からワイヤーに吊られて引き上げられ、スービック基地へ帰還した。

同じように緊急脱出したクレーン大尉が、まだ発見されていないこと。ネルソン少佐が脱出したという信号は、ついに発せられなかったこと。それらについてはスービックで情報士官から初めて知らされた。

四機のラプターのうち、生き残って帰還したのはポール・フレール少尉の四番機だけだった。それも、フレール少尉はあの後で〈亜細亜のあけぼの〉を名乗るスホーイ27を追ったのだが、次々と旅客機を盾に使われてミサイルが撃てない。そればかりか知らぬうちに反対方向から飛んで来る旅客機の鼻先へ誘い出され、間一髪、空中衝突させられかけた。目の前に現れた旅客機を避けようとして瞬間的に高Gをかけ、惨事は防いだが、一時的に気を失ったという。

スホーイはその隙にE3Aのレーダーの目もかいくぐり、無数に飛行する旅客機のどれかの陰に隠れてしまい、南シナ海上空から姿を消した。

エリス中尉とフレール少尉には『ただちにカデナへ帰還せよ』と命令が出た。

嘉手納基地では、太平洋航空軍司令部で査問会にかけられた。法廷のような部屋で、高級将校の委員たちを前に立たされ、深夜の戦闘の経過を説明させられた。

特に、エリス中尉が第二編隊のリーダーとして、編隊長のネルソン少佐から『バックアップにつけ』と命じられながら、それを無視したこと。その結果ネルソン少佐が被弾して墜落し掛けている時に、救命の手段も尽くさなかったこと。これらの経過に関しては、厳しく質問された。

命令違反をしてしまった……。

背中の痛みに耐えて立ちながら、ガブリエル・エリスは『やってしまったこと』を噛み締めていた。

　命令無視をしたのは事実だ。被弾した少佐機に対しても、わたしはフレール少尉の機を助けには差し向けなかった。彼がわたしに対してやってくれたように、少佐機の近くを飛んで呼び掛けたりしていれば……。

　しかし
「エリス中尉へは、私が命令したのです」

　その時、同席していた作戦統括官のエドワード・ビショップ大佐が立ち上がり、発言をした。

「録音記録を、見て頂きたい。ネルソン少佐の救命よりも、今後とも脅威となるであろうテロ機の捕獲あるいは殲滅を優先せよと命じました」

「しかし大佐。その前に中尉が『バックアップにつけ』と命じられながら無視したのは、重大な違反行為ではないのかね」

「いいえ」銀髪の大佐は、心外なように頭を振る。「司令部では、ずっと交信をモニターしておりましたが。私にはその指示は『奴のバックを取れ』に聞こえました」

「――――」

「――――」

「凄じい戦闘のさなかです。多少の聞き違いは、仕方がないのではないですか」

エドワード・ビショップという男に、じかに会ったのはその査問会が初めてだった。太平洋航空軍でも、出世コースにある幹部らしい。

「ありがとうございました」

査問会の後で、オフィスに呼ばれた。

嘉手納基地の昼は明るい。コンクリート舗装の駐機場を見渡す司令部オフィスで、ブラインドのかかった窓を背にしている銀髪の男に、頭を下げた。

「気にするな、とは言わん」

大佐は言った。

「自分のしたことは、一生、自分で背負え。エリス中尉」

「…………」

「指揮官として、迷うところだったのは分かる。私も中東で、自分で編隊を指揮して飛んだ」

「……はい」

「取り敢えず、君は処分されない。君を戦闘機から降ろして牢屋にぶち込むことが、国の利益とは思えない。だから助けた」

ビショップ大佐は、蒼い目で見上げて来た。

「ラプターにも乗り続けていい。ただ、こういうのは嫌らしい言い方で、自分でもどうかと思うが――君は私に借りが出来たのだ。出来れば別の形で、返してもらいたい」

「……？」

　言われた意味が分からず、見返すと。

「つまりだ中尉」銀髪の男は声を低めた。「君に日本語で〈亜細亜のあけぼの〉と名乗ったスホーイ27。いま調べが進んでいる。〈亜細亜のあけぼの〉というのは、当初は北朝鮮が作ったテロ組織だったようだが、最近は活動の内容が変わって来ている。今回は中国共産党から金で依頼されてベトナム編隊を襲ったらしい。スホーイに乗っている男は」

「何者なのです」

「現在、調べている。過去に日本の原発を空襲した『実績』も持っている。凄腕だ」

「原発を……？」

「その時には航空自衛隊がかろうじて阻止している。事件は正式には公表されていない。日本の国家安全保障局を通して情報を得ているが、空襲でハマタカ原発は危ないところだったらしい。奴はその『実績』で、中国からも引き合いを受けるようになった。北朝鮮は資金が苦しい。現在は貴重な外貨の稼ぎ手というところだ」

「…………」

「そして」

「？」

「近いうちに、奴が中国の依頼により、再び〈仕事〉をする恐れが浮上して来た」

「本当ですかっ」

思わず、デスクへ歩み寄っていた。

「奴がまた、現れるのですか」

「エリス中尉」

「はい」

「〈亜細亜のあけぼの〉を駆逐しなければ、南シナ海の安定はない。いや、アジア全体がテロの脅威にさらされ続ける。近日中に我々は奴を秘密裏に駆逐する〈作戦〉を実施する。君は、私の片腕となり、もう一度奴と戦ってくれるかね」

その日の夕刻から、別のF22の機体を割り振ってもらい、フレール少尉と共に空戦訓練に入った。

部隊とは別の行動を許された。

沖縄本島の東側の訓練空域へ出て、夜も昼も、二機で格闘戦の訓練を続けた。

そして。

出動命令は意外に早かった。

あの南シナ海上空での戦闘から七日後のこと。

エリス中尉とフレール少尉に対し、日本海のG訓練空域へ進出して『航空自衛隊第六航空団所属のF15J四機と模擬空戦訓練を実施せよ』と命令が出た。

「いいか中尉。我々が〈作戦〉を準備していると知られたら、奴は出て来ない。あくまで訓練を装うのだ。このカデナ基地の周辺にも、コマツ基地の周辺にも無数の中国の工作員がいる。二機のラプターのみで出かければ、大掛かりな作戦の準備には見えない」

大佐は、新しい〈作戦〉の詳細は口にしなかった。

とにかく今から日本海へ進出し、航空自衛隊とDACT（異機種間模擬空戦訓練）をやれ、と言う。

「向こうでは、この三名の搭乗機を含む四機が、君たちを出迎える。目視圏内格闘戦に限定した訓練をやる。三名は、奴とじかに闘った経験を持つパイロットだ」

「――奴と、じかに……!?」

「そうだ」

ビショップ大佐はうなずき、バインダーを差し出した。

「これは原発空襲事件の時に、奴と戦った三名の日本人パイロットのファイルだ。出発前に目を通しておけ。君は彼らと組んで、奴と戦うことになる」

「日本の自衛隊と、組むのですか」

「そうだエリス中尉。次の〈作戦〉には、日本の力を借りなくてはならない。戦場となる空域が今度は日本海上空だからな」

「目が覚めたか」

ほっそりした体軀の女子パイロットは、日本語で訊いた。

「気分は、大丈夫か」

低いアルトの声。

「――――」

その声に、ガブリエル・エリスは目をしばたたき、短い回想を断ち切った。

そうだ……。ここは小松基地の医務室。わたしはついさっき、この女子パイロットと上空で模擬空戦を戦ったんだ……。

訓練を終えた後のブリーフィングの場で、情報士官の話を聞きながら、急に気分が悪くなって――

「大丈夫か、ルテナン・エリス」

猫のような目が、自分を見下ろしている。

普通、日本人というのは親切で、自分のようなアメリカ人に対しては下手くそでも英語を使って話そうとしてくれるという。

しかし、この女子パイロットにはそんな気づかいは無い。さっき駐機場で顔を合わせた時、少し日本語が出来るところを見せたせいだろう、平気で日本語で話しかけて来る。

　仰向けのまま、頭の中で日本語のフレーズを探した。

「ノット・トゥー・バッド——悪くない、最悪よりは」

「そうか」

　うなずく顔を見上げて、何だか妙な感じがした。

　オリーブグリーンの飛行服の胸にはネーム。知っている。クロハ・カガミという名だ。今朝の出発前にファイルで見た。階級は自分と同じ中尉。

　歳(とし)も、同じくらいか……。

「起き上がれるか、ルテナン・エリス」

「ガブで、いい」

「？」

「ガブリエルだから。友達はみんなそう呼ぶ」

「そうか」

　鏡黒羽(かがみくろは)は、素(そ)っ気(け)なくうなずく。

「ではわたしのことは、黒羽と呼んでくれ」

「分かった」

クロハ。

どういう意味なのだろう。

「クロハ。わたしは、どのくらい気を失っていた」

「三十分くらいだ」

「つき添っていてくれたのか」

「ほかにすることがない」

「ブリーフィングは？　〈作戦〉の説明は、どうなっている」

「ペンディングだ」

鏡黒羽は腕組みをし、顎で窓の外を指した。

「〈作戦〉って、何のことか分からないけれど。あんたがいないのでは、オペレーションのブリーフィングにならないと。中断しているよ」

「分かった、起きる」

だが身を起こそうとすると、背中にまた痛みが走った。

「――くっ」

顔をしかめ、飛行服のままで寝台の上に横向きになる。

そこまでしか起きられない。

　まただ。

　ここ数日、時々こうなる……。

「ちょっと待て。ドクターを呼ぶ」

　鏡黒羽が行こうとするのを「ウェイト、待って」と止めた。

「待ってくれ。ドクターを呼んでも、何も出来ない。分かっているんだ、背骨をリセットすればいい。手伝ってくれないか」

「?」

「泳ぎたい。スイミング・プールはあるか」

2

小松基地
司令部・幹部休憩室

「漆沢一尉」

　漆沢美砂生が、飛行服のままでテーブルにノートパソコンを広げていると。

　整備隊の栗栖友美が「失礼します」と入室してきて、そばに立って敬礼した。

「漆沢一尉、こちらでしたか」

「何？」

何だろう。

さっきまで、アメリカ軍のC17輸送機の機内で行われていたブリーフィング。

輸送機の機内ブリーフィングルームが使われ、機密保持に万全の備えがされていた。

そこでアメリカ空軍・第一戦闘航空団の情報士官——ワイズ大尉と名乗った情報と作戦の専門家によって、日本とアメリカがこれから協力して行うらしい、何らかの合同オペレーションの説明がされようとしていた。

しかし、アメリカ側の基幹要員であるらしいガブリエル・エリス中尉が、説明の途中で突然倒れてしまった。

午後から行われていたG空域での模擬空戦——美砂生たちのF15J四機と、アメリカ軍のF22二機で戦われたいわゆるDACTは、チームとしては空自側の勝ちとなった。

しかしエリス中尉の操るコンドル・ワン——ラプター一番機の格闘機動は、小松基地のパイロットたちを驚かせていた。美砂生自身は、やられてしまった。チーム戦では勝てたものの、エリス中尉のラプターの機動にはかなわなかった。エリス機は、斜め宙返りの巴戦のさなか、まるで大昔の零戦のような〈ひねり込み〉までやって見せたのだ。

機体を降りると、プラチナ・ブロンドに、白人にしてはほっそりと小柄なシルエット。見ているとと性格に多少の青さはあるものの、凄いパイロットだ——そう思った。

しかし連続的に高Gをかける機動を繰り返したせいだろう、ガブリエル・エリスは、訓練終了後のブリーフィングの場で意識を失い、倒れてしまったのだった。

「彼女がいなくては、〈作戦〉の説明になりません」

ワイズ大尉が、肩をすくめた。

「中尉の意識が戻るまで、ブリーフィングは中断します」


そのまま、C17グローブマスターの機内ブリーフィングルームでコーヒーを呑みながら待っていられるほど、飛行班長の美砂生は暇ではない。

片づけなくてはならない雑事が、山ほどある。

いったんC17の機内を出て、司令部棟へ戻った。

飛行隊のオペレーションルームへ行くと、終わったばかりのラプターとの空戦についてあれやこれやと質問されるだろう。

それでは雑事が片づかない。午後の中途半端な時刻で、一階の幹部休憩室を覗くと人けが無かった。これはいい、と喫茶テーブルで自分用のパソコンを広げたのだった。

「あのう、漆沢一尉」

整備士のつなぎの作業服に、〈ARM〉とロゴの入った赤いキャップ。

栗栖友美は、よく知っている女子整備員だ。

「探しました。ご伝言があります」

「……伝言?」

探してくれたのか。

何だろう。

飛行班長をしていると、整備隊にも頻繁に顔を出して、相談ごとや調整をしなければいけない。最近は何か、イーグルの機材情況で懸案事項でもあったかな……?

だが
「鏡二尉からなのですが」

「鏡?」

「はい」

女子整備員はうなずく。

「漆沢一尉に、頼んでくれと言われました」

「何を?」

「独身幹部宿舎から、着替えを持って来てほしいそうです」

「?」

何だ……?

「どういうこと」

「用具室の片づけをしていたら、頼まれたんです」

赤いキャップの栗栖友美は、手のひらに載せた小さな鍵を差し出す。

「これ、鏡二尉のお部屋の鍵だそうです」

「鍵――って」

「漆沢一尉に、頼んでくれって。お部屋のクロゼットから下着類一式と飛行服を二人分、体育館横の屋内プールの更衣室まで持ってきてくれ――だそうです」

「……プール?」

「はい」

女子整備員は、うなずく。

「『忘れないで。下着も飛行服も二人分だ』って」

〈スクランブル〉『荒鷲の血統』了

＊　COMING　SOON　＊『決戦！　日本海上空』

この作品は徳間文庫のために書下されました。
なお本作品はフィクションであり実在の個人・団体などとは一切関係がありません。

徳間文庫

スクランブル
荒鷲（あらわし）の血統（けっとう）

2016年1月15日 初刷

著者 夏見正隆（なつみまさたか）
発行者 平野健一
発行所 東京都港区芝大門二―二―二〒105―8055 株式会社徳間書店
電話 編集〇三(五四〇三)四三四九 販売〇四八(四五一)五九六〇
振替 〇〇一四〇―〇―四四三九二
印刷 製本 図書印刷株式会社

ISBN978-4-19-894061-4 （乱丁、落丁本はお取りかえいたします）